反派NPC
求攻略
The Alluring NPC
Is Seeking
Love
上
雷雷夥伴 著
高橋麵包 繪

我今天出門時，忘了帶鑰匙，後來我想這也許是一個契機。
它提醒了我，未來很長一段時間，我都無法再回到這裡。

# 楔子

我是北北，一個虛擬實境遊戲裡的NPC。

我生活在遊戲裡，這裡和外面的現實世界無異，人們一樣吃喝拉撒，上網追劇，一個禮拜有七天不想面對星期一。

在平常上班的日子，我們是演員，扮演著遊戲裡的角色、協助玩家破關等等。爲了確保玩家能擁有最眞實的遊戲體驗，我們必須徹底融入角色，不能被玩家察覺內容與廣告不符，並盡可能散發個人魅力，讓玩家掏錢課金。

在玩家眼中，NPC也許只是個虛擬人物，但其實我們是有血有肉、存在於不同世界的人類。

只要你進入遊戲世界，就再也沒有你我差別，你們碰得到我、打得了我，我也能告你傷害罪。

NPC的世界很和平，大家幾乎一條心，渴望消滅禮拜一。

像我們這些從出生就作爲NPC的人，等於是一誕生就開始做服務業，從八個月大的嬰兒到九十歲的老人都需要服務玩家，因此才有名人說過：「問世間錢爲何物，直叫人生死相許。」直至今日我的簽名檔依然是這句話。

曾經有人發起大型抗議活動，提出要消滅禮拜一，但後來管理系統時間的羅老開記者會表示：「年輕人，沒有禮拜一，還有禮拜二。」所以我們失敗了，革命總是艱難的。

不知該說幸運還是不幸，美術帝——也就是這款遊戲的美術——給了我一張冰山美人臉。

幸運的是，我扮演的角色是人美話不多的反派，屬於潛伏在玩家身邊的臥底，主要任務是誘惑玩家接近幕後大BOSS。身爲一個冰山美人，我的臺詞不多，有時還能高傲地對玩家拋下一個「哼」字，然後退到一邊，放空發呆等吃午餐。

而我有個同事就沒這麼幸運了，他負責扮演玩家的砲灰朋友。不僅得無時無刻在一旁讚嘆玩家、感恩玩家，還得不斷重複自己和故鄉未婚妻的戀愛故事，好不容易準備領便當，又要再複述一遍相同的故事，企圖博取玩家的眼淚，即使大部分玩家都低頭滑手機，根本沒在聽。最後，他再落下幾行淚，和不存在的未婚妻道別——這樣的戲碼，他一年大概要演上兩百九十三次，只因爲他長了一張憨厚老實的好人臉。

因此我由衷感謝美術帝給了我一張冰山美人臉，雖然這張臉也不是沒有缺點。

不幸的是，我必須使出美人計，以美貌色誘玩家，但我是一名鋼管直的男性。

如果你是直男，我勸你千萬不要玩這款遊戲。

# 第一章 「從前從前，有一個反派，他死於吃貨……」

「編號7598NPC，你在搞什麼東西！你看看你這個月的業績！」

唐禿把文件砸在桌上，指著我的鼻子大罵，他身旁籠子裡的鸚鵡也大聲怪叫：「搞績！搞績！」

我小聲地說：「是怎麼學成搞基的啊……」

唐禿：「啊？你在說什麼繞口令？」

鸚鵡：「鈴口！鈴口！」

我：「……」

唐禿從來不喊我們的名字，總是編號幾號幾號地吼：「編號7963！我在喊你有沒有在聽！」

那個，您有發現您每次喊的編號都不一樣嗎？而且都不是我的編號啊……

我回答：「有的，唐理事。」

身爲一個小職員，我爲五斗米折腰折得很乾脆，更何況我不只爲了五斗米，還爲了前天看上的「震驚！現實世界網運過來，超稀有日本頂級和牛全餐，現在只要五萬鑽！」只要這禮拜領到薪水，我就能忍痛下單！非常狠心！

別看唐禿人矮頭禿，他是我們這塊伺服器大陸的首席，同時也是玩家在遊戲最後會遇上的幕後大BOSS。在玩家眼中，他是遊戲裡最高等級的BOSS；在我們眼中，他是公司裡最高階級的BOSS。

而唐禿不管是哪個身分都有一個共同點，就是都讓人很想打爆。

遊戲中分成許多伺服器大陸，各自有不同的首席，除了我生活的亞虎伺服器大陸，還有古狗伺服器大陸、活狐伺服器大陸等等，以現實世界的用語來說，大概就是所謂的不同「國家」。

唐禿大力拍桌，「你是不是豬？你看看、你看看這一堆文件！」

什麼文件？我是人還是豬的檢查報告？

我垂頭看向桌上的資料，標題斗大的五個字寫著「玩家客訴單」。

咦？

我驚訝地瞠大眼，像我這麼單純、老實的小演員，怎麼會有這麼多客訴？我急忙拿起文件翻看。

玩家0671：為什麼我吃烤火鳥的時候，這NPC一直盯著我流口水？是不是有BUG？

啊……抱歉，烤火鳥看起來太香了，口水想流就流，我也沒辦法控制啊……

玩家0933：該NPC原本行動正常，但只要中午十二點一到就會自動跑到玩家前面，請修正。

那個……因爲午餐時間到了嘛……

玩家1046：我要抗議！NPC太騷了，我都要彎啦！

那你別來玩賣腐遊戲啊啊啊！

看完這些客訴單，我忽然一陣尷尬。好吧，我好像就是太老實了……

唐禿氣得滿臉通紅，「看見沒？不只這些客訴，這一個月來，你帶的玩家沒有一個玩到破關！沒有一個！NPC三大禁令是什麼？給我背出來！」

鸚鵡也大叫：「給我出來！給我出來！」

我傻傻地背誦道：「禁止劇透、禁止崩人設、禁止違背職責。」

「對嘛，很會背嘛，怎麼做不到？你這隻豬！」

因爲背出來比較容易嘛……

「算了、算了，罵你也是浪費力氣，這樣吧，我給你最後的機會。」唐禿摸了摸光滑的頭頂，每當他做出這個動作就代表不妙了。因爲唐禿極爲痛恨自己的禿頭，一般避免碰觸頭頂，如果他碰了，代表他正在思考某些攸關生死的大事，甚至無意識摸了頭。

唐禿接著說：「編號9835NPC，聽好了，你必須帶領下一個接洽的玩家破完最後一關，給我記住，是最後。如果他中途刪除不玩了，或是刪除遊戲……你就被炒了，懂嗎？別幹NPC，永遠滾出遊戲世界。」

鸚鵡咯咯笑：「操了！操了！」

我渾身一僵，整疊文件落到地上。

在遊戲世界，被公司開除等於不能再當NPC，而只要不當NPC超過三十天，就會被系統視作垃圾檔案自動刪除。

以現實世界的角度來說，NPC被刪除就是死亡，並且屍骨無存。

我震愕，同時害怕，看唐禿笑吟吟的，我頓時明白了，他是認真的。

我拍桌大喊：「您不能這麼做！根據NPC勞動法，除非有危害遊戲安全的重大違法行為，否則不能任意辭退NPC！唐理事，這不是您一個人能決定的事！」

從遊戲開創以來，極少有NPC被公司辭退，印象中上一次被辭退的還是中了病毒瘋狂殺人的人魔NPC。何況就算是人魔，也是經由NPC審理法庭判定為重罪才能被刪除，這是一條命，絕不是區區一人可以下的決定！

唐禿摩挲著頭頂，笑了，「編號9934，你知道嗎？你們所有人的工作行程都掌握在我手上，如果我取消你的行程，讓你再也接不了玩家，你說，系統會不會自動判定你這個無業遊民是垃圾？」

我一怔。

唐禿說的對，在亞虎大陸上，唐禿是首席，擁有最高權限，假如他想，多的是方法可以阻止我和玩家接觸。

即使我想找其他大陸的首席求救，從這裡前往其他大陸必須耗費至少三個月的時間，根本來不及。

眼下唯一的方法就是聽從唐禿的話，成功帶領玩家過關，才能繼續活下去。

我慢慢地垂下頭。

我自認一直以來奉公守法，雖然時常抱怨不想上班，其實很少請假，總是盡可能全勤，工作上也有做好分內的事，卻沒想到只因爲幾件小事就被全盤否定——不，唐禿根本不在乎，他要的只是結果，也許是我的客訴案妨礙到他的管理考績，所以我就得死。

溫良恭儉不能當飯吃，在這個世界上，一個人存在的價值從來就不是在於他本身，而是他能不能作一個服從的機器人。

唐禿帶著滿意的笑容，彷彿刪除一個NPC是再簡單不過的事，朝我揮了揮手，「好了，下去吧，你可以滾了。」

鸚鵡跟著叫：「去吧！去吧！」

我沒動，低著頭說：「最後一個問題。」

唐禿不自覺慢慢坐直了身子，似乎有些訝異，還有些茫然，他左顧右盼，像是不知自己爲何緊張。

我說：「唐理事，您桌上那些糖是招待客人的吧？我能吃嗎？」

唐禿愣住，「啊？啊……可以，你拿去吧……」

「謝謝。」

我從桌上拿了一顆糖，轉身離開——直到背對唐禿，才露出從未在別人面前展露的表情。

身後傳來鸚鵡的慘叫，以及唐禿緊張的聲音：「小親親！怎麼了？做噩夢了？不怕、不怕，爹地在這裡啊！」

我邊走邊撕開包裝，將糖含進嘴裡。

「你說什麼？唐禿想刪除你？」化妝師法克粗獷的大叔音瞬間高了八度，他手一顫，原本畫到我唇角的粉色口紅瞬間塗歪了。

我臉色微微一暗，法克立刻捧住我的臉，「哎呀！不難過唷，我們小北北這麼漂亮的小臉蛋不能有皺紋，來，姊姊請你吃夾心餅乾。」

夾心餅乾！

我瞬間雙眼發亮，轉頭一看，迎面對上了法克結實的大胸肌，整張臉隨即被夾進胸肌的縫裡。

「如何呀，是不是很開心？能安慰你這樣千年一遇的美少年，我也很開心。」法克害羞地呵呵笑。

我無語了。

三分鐘後。

我背起背包，離開休息室，往片場走去，沿路所有器材東倒西歪，走廊滿目狼藉。跨過散落一地的道具，我經過正在七嘴八舌討論的工作人員NPC身邊。

「怎麼回事？剛才那是……地震？」

「嚇死我了，一點預兆也沒有！突然晃那麼大，我還以爲這裡要塌了！」

「天塌下來公司也不會倒的吧？唉，那地震也太厲害了，居然能讓這棟建築物搖晃……」

我抵達片場的十樓，四處不時有人匆匆來去，每個人都相當忙碌。放眼望去，整層樓十分空曠，沒有半點設備，只有人，以及滿地發光的傳送光圈。

光圈散發著藍光，井然有序地在地面排成二十排二十列，總共四百個傳送點。演員NPC只要遵照場記NPC的指令，在適當的時間點踩上光圈，就能瞬間被傳送到遊戲場景裡，正式開始一天的工作。

其中一名戴著眼鏡的場記NPC眼尖地瞧見我，抱著資料快步走來，懷裡的資料疊得高得幾乎看不見他的臉。

他唰唰唰地翻過整疊資料，準確地找到其中一張遞給我，語速極快地道：「編號9999演員NPC，這是您的玩家資料，還有三分鐘進入現場，請您在第八排九列光圈旁等候，隨時準備上場。」

我點點頭，接過資料。

日復一日地上班，這件事我已經做了上百次，但是，這次不同。

我站到光圈旁，在剩下的兩分多鐘裡，我想了很多。

這是我最後的機會，一旦進入遊戲，從面對新玩家的那一刻開始，就決定了我的生死。

演員NPC不能挑選玩家，就連場記NPC也只是依照系統給予的號碼抽取玩家資料，系統歸現實世界掌管，對我們而言，系統就像現實世界所稱呼的「宇宙」或者「神」。

因此，演員NPC遇見的玩家可能是長期玩家，可能是只有三分鐘熱度，也可能只是隨便下載看看，玩兩下就刪。

我無法決定自己會遇到怎樣的玩家，他們卻將決定我的命運。

有時候我會想，爲什麼不管我們再多努力、再多聰明、再多有能耐，都無法決定身邊的一切，甚至有時還必須聽從指令，看別人的臉色過活？

這個問題我暫時想不通，不過現在也沒時間了。

因爲我人生重要的轉折點，將在十秒後開始。

# 第二章　喂喂，那個龍姓玩家，你別跑啊！你這樣會失去我的！

耀眼的藍色光芒褪散，我站在遊戲場景裡，四周都是攤販，市集裡人來人往，彩色帆布擋住了大半的陽光，在地面落下陰影。

我聽著熱鬧的談話聲以及夾在其中的談笑聲，忽然想起一件非常重要的事——剛才顧著思考那些，忘記確認玩家資料了。

所以……我負責的玩家長什麼樣啊？

我茫然地注視著來來往往的人群，他們看起來好開心。

玩家和NPC外表乍看沒什麼區別，而且每個人頭上都頂著名字，根本認不出誰比較特別，再加上這是單機遊戲，每一次遊戲開始只會有一個玩家，要在這麼多人之中找到一個人，實在不容易。

我這是一進場就悲劇了？

我搔了搔臉，突然驚覺自己的人設是冰山美人，於是趕緊把手指轉了個方向，撫著下巴。

看來，只能用那個方法了——看誰頭上的名字是「↗某某↙」、「*~小某~*」、「★☆某兒☆★」之類的，肯定就是玩家！

我睜大眼睛東張西望，值得慶幸的是，玩家通常都會在NPC附近不超過十步的距離。

可惜我失望了。

沒有人的名字裡有特殊符號，全是單純以兩到三個字組成，那些路人甲的名字大多是系統隨機生成，一眼望去竟然連個熟悉的名稱都沒有。

我感到孤獨可憐又無助，考前忘記複習講義的人大概都是這種心情。

就在這時，我感覺背後有一道異常灼熱的視線，像是有人在角落窺探。

我不是戰鬥型NPC，一般而言第六感不會如此敏銳，但這道視線熱切得連我都能察覺。當我正想回頭時——

有一隻手從背後搭上了我的肩。

我猛地嚇了一跳，迅速轉頭，心想難道是玩家？

定睛一看，眼前的人是個彪形大漢，他的臉龐有疤，搓著手，咧開嘴，露出幾顆金牙，臉上帶著淫穢的笑容，「嘖嘖嘖……老子運氣眞好，遇上這麼好的貨！」

呃，這不會就是我這次要帶的玩家吧？

爲了讓玩家能百分百融入遊戲，他們在遊戲中的長相和現實裡一模一樣，差別只在於服裝會配合遊戲場景更換。

如果我的生死存亡掌握在一個變態大叔手上，那就直接大結局了。

大漢掐著我的臉，強逼我抬頭，「想不到來搶個攤子這麼好運，小美人，本大爺是火靈山大王，跟爺一起回洞窟爽爽？」

什麼小美人，我還小美人魚，都這個年代了還在用這麼老套的詞？

我吐槽完才想起，啊……來搶攤子？這麼說來，不是玩家！

我大大鬆了口氣，幸好只是個NPC。我想了想，沒印象見過這大漢，想必不是重要角色，而且住那什麼洞穴，不就是遊民嗎？

「小美人，你這眼神是瞧不起老子？」火靈山大王故作憤怒，笑容卻飽含深意。

我沒有啊，人設就長這樣。

火靈山大王顯然沒感應到我心中的解釋，從背後抄起一把和我等身大小的巨大釘錘，釘錘上染滿了血。

他將釘錘敲在地上，地面為之一震，以敲擊點為中心，環狀裂痕擴散至方圓五百公尺內，許多攤販坍塌，尖叫聲四起，行人驚慌逃竄，眨眼間四周便淨空了。火靈山大王猥瑣地笑道：「這下沒人來打擾我們了，小美人。」

而我拿起手機，「喂？NPC警局嗎？這裡是編號9999演員NPC，我要通報，路上有變態大叔NPC妨礙遊戲進行，請求派人處理。」

「你剛才說變態大叔了是吧！」火靈山大王臉色漲紅，憤怒地大吼。

一般NPC絕不會妨礙主線NPC，因為破壞玩家體驗觸犯了NPC最高守則，沒人敢挑戰。只要被抓住，就會直接遣送審判法庭，嚴重者可能當庭遭到刪除。

所以當我報警時，我以為他會立刻逃走，想不到他竟然失控了。

火靈山大王惱羞成怒地舉起巨大釘錘，就要往我身上砸，「看我把你的臉砸爛，讓你再也無法勾引男……」

他話還沒說完，「啪、啪」兩聲，有人從背後拍了拍火靈山大王的肩。

火靈山大王不悅地回頭，見到身後站著一群染金髮戴金鍊的小混混。

爲首的髮蠟金髮男頭髮梳得特別高，尖得像座金山，我往上瞄了眼他比我高出兩顆頭的髮型。

你們選老大是看頭髮高度嗎？

髮蠟金髮男嚼著口香糖，語氣輕蔑地道：「喲，生面孔啊？從別的小鎮來的？臭小子，這是我們旺財幫的地盤，交出保護費才准走！」

這是遊戲的第一個關卡，類似新手任務，我和玩家相遇之後，第一個碰上的任務就是解決這個旺財幫。通常是第一次進入實境遊戲的玩家將由我從旁教學，學會運用技能以及體術擊敗敵人。

不過我沒料到，還沒找到玩家，關卡就開始了。

火靈山大王被激怒，霎時怒目橫眉，中氣十足地「啊？」了一聲，釘錘在地上猛敲。

擔任混混頭子的髮蠟金髮男一愣，悄悄挪動到我身邊，掩嘴問：「北北，你這玩家怎麼比我們還像混混？」

我壓低聲音說：「他就是混混……」

「啊？」

我小聲說：「這是我在路邊遇到的NPC。」

阿旺震驚地喊出聲：「你又遇到變態了？」

火靈山大王氣急敗壞，「混帳！你說誰變態？你自己不也是同行！」

我偷偷對阿旺說：「他現在對這字眼特別敏感，最好別刺激他。」

身爲負責把劇情扳回正軌的NPC，我無奈地朝火靈山大王開口：「你也看到了，有人來找碴，不如我們各自回家吃午飯吧。」

無奈火靈山大王顯然沉浸在強搶民男的劇情中無法自拔，又往地面砸了幾下，周圍的地裂得更厲害了。我猶豫著要不要提醒他，他腳邊的地已經被敲了一圈，再敲不怕自己掉進地底去嗎？

「呵，想跟老子搶人？門都沒有！」火靈山大王說。

我無語。這年頭缺男女朋友有交友APP，去註冊就有了，不用在路邊搶，眞的。

「你以爲老子只有這個武器？火靈山大王的稱號可不是白來！」說完，他雙手向下握拳，身後倏地銀光乍現，背上接連展開八把巨斧，輪盤似的瘋狂旋轉，體型瞬間擴增一倍，「哈哈哈！我要絞死你們！你們的血就是我的紅毯！小美人，你等著！」

那是……電風扇？

我面如死灰，內心瑟瑟發抖。我不過是個小職員啊！戰鬥什麼的，嘴上指導沒問題，實戰一點都不行，講白了就是花瓶……呃，觀賞用NPC。

阿旺和他的小嘍囉們早就嚇得縮成一團，全部躲在我背後。他們只是新手教學任務的低階小怪，等級才二十等，比我這個五十等的還低，別說戰鬥力，說不定逃跑還沒我快。

五十等聽起來還行，但滿等是一千等。

這個遊戲的等級主要是以攻擊力來區分，其餘能力一概不計，所以像我這種靠臉的，等級大約分布在一到九十等左右，戰鬥型NPC則大多破百。在遊戲世界裡，體育系的總是比文學系吃香。

我陷入了兩難。

如果我逃跑，後面這些人肯定扛不住，如果我不逃，我肯定扛不住。所以，我現在能叫了嗎？這算不算崩角？

我以為火靈山大王會看在我的臉的分上停止攻擊，然而我太天真了，他就是個住在山洞裡的大猩猩。

火靈山大王怒吼一聲，舉著釘錘衝了過來，背上的鐵風扇高速運轉，接著居然燃起了熊熊大火，一片赤紅。

我靠，不是電風扇，是風火輪！

我心想不妙，又想起他的稱號「火靈山大王」。糟了，剛才怎麼沒想到？能在遊戲裡被命名為「王」的，除了中二型玩家，剩下的就是魔王等級的NPC……火靈山大王八成是某個支線關卡的魔王，等級少說有七百等以上！

我們這裡最高就五十等，完全是被秒殺的分！

好巧不巧，正好有路人從旁走過，我本想大喊「快閃開」，可路人不僅沒注意到衝過來的火靈山大王，甚至停了下腳步，微微俯身……

「砰、砰砰砰！」巨大的碰撞聲響傳來，火焰「轟」的一聲，剎那間煙霧瀰漫。

我嗆咳幾下，艱難地睜開眼，白霧還沒散去，只能依稀瞧見地上有道深深的凹痕，一路延伸至數百公尺遠的石牆邊，中途穿過整排攤販，直到撞上石牆才停止——而在石牆下方，火靈山大王狼狽地垂頭坐地，徹底昏厥。

什麼……發生什麼事了？

我愣愣地將視線轉回雙方發生碰撞的地點，隨著白霧消散，視野漸漸清晰，我看見朦朧中站著一個人。

那是個穿著連帽外袍的青年，身材高眺，隔著帽子看不清面貌。他睇眼望向石牆，又平淡地收回視線，彷彿周圍一切混亂都與他無關，繼續做著他原本停下來打算做的事——俯身綁鞋帶。

對，他不過是停下來綁鞋帶，便擊飛了七百等以上的魔王。

這青年是誰？

遊戲裡有這麼嚇人的角色？

莫非是黑色軍團的成員……

正當我滿腹驚愕時，帽衫青年面前浮現一抹金光，接著光芒中驀然迸出一袋金幣。

不只我徹底傻眼，從我身後小心翼翼探出頭來的阿旺也抖得厲害，顫抖的手指著青年結巴道：「他、他他他他是玩家？」

沒錯，只有玩家擊敗NPC，才會掉落金幣獎勵。

玩家。

是玩家！

這個武力值高到逆天的人居然是玩家！

玩家不該都是宅在家打遊戲不愛運動的宅男嗎？

隨著阿旺的吼聲，青年的視線涼涼地掃過來。

拜託你下次講話小聲一點。我本想這麼對阿旺說，但和青年四目相交的那一刻，我整個人彷彿定住了，下一秒立即低頭，心臟直跳。

怎麼回事？我竟然不敢直視他！

剛才那瞬間看到的臉我記得，一般人類的黑髮，平靜的金色眼眸，目光卻有著難以言喻的鋒利。

明明他手裡沒有任何武器，面對他卻像面對一個銳不可當的戰士，這種感受說是恐懼，又不是那麼咄咄逼人的東西，比起屈服，更像是本能地臣服……

阿旺用鐵棍拍了拍我的屁股，示意我趕緊過去，「別、別讓玩家……不，別讓大哥等太久啊！快過去！」

搞得像是混混在街頭遇上地方老大。

只是，我才踉蹌向前兩步，黑髮玩家便抬腳朝我們走來，連帽衣袍向後飄揚，宛如肩披皇袍。

阿旺和一群小弟腿軟跪地，臉色發青，只差沒尿褲子。

我死命站著，蹙著眉，冰冷高傲的姿態不變，雙腳卻抖得像初生小鹿。

黑髮玩家越過我身側，走向阿旺，垂眸注視他手上的鐵棍，什麼話也沒說，阿旺卻彷彿心領神會似的馬上將武器交出去，其他小弟見狀也紛紛把手裡的刀槍扔在地上，跟士兵集體投降一樣。

黑髮玩家不理會滿地的刀槍，握著鐵棍，轉頭看我。

怎、怎麼了？不會是要打我吧？這鐵棍顯然比愛的小手還痛啊！

黑髮玩家走近，陰影落下，身高差距讓我被籠罩在他的影子底下。

我雙腳釘在原地，身體拚命往後仰，雖然心裡很清楚這是毫無意義的反抗。

黑髮玩家一語不發，在他面前萬物皆如螻蟻，強大的威壓令人無法直視，不過身爲一個專業的**NPC**，無論遇到什麼類型的玩家都絕不能破壞我的冰山人設。

我眼珠子一轉，急中生智，把不敢直視裝作是不屑正視，揚起下巴說：「哼，玩家，居然一來就鬧出這麼大的動靜，你這是在玩火。」

沒錯，他剛才把火靈山大王打飛了，妥妥的玩火。

黑髮玩家的聲音和本人的氣息一樣，略沉，淡然平靜，「不玩火，玩你行嗎？」

……嗯？

我頓了下，臉色瞬間炸紅。

這、這人怎麼回事？毫無矜持！

我差點要破功爆出吐槽，又聽黑髮玩家說：「美術合格。」

我愣了愣，原來他說的「玩」是指操作角色？

還來不及深思，我忽然驚覺另一件更重要的事——

等等，他是玩家。

每個伺服器大陸一次只會出現一個玩家，所以這個人……就是我要找的人啊啊啊！

我腦中回顧一遍他剛剛綁個鞋帶就把魔王級NPC擊飛的畫面，這樣的玩家我控制得來嗎？他會聽從我的指示玩到最後嗎？不，冷靜下來，林北北，既然是大神級玩家，不就代表能夠輕鬆闖關嗎？而且只要他肯玩到最後，你不就得救了？

思及此，我雙眼一亮，獲得生機的喜悅使我剎那間忘記恐懼，猛然抬頭。

仔細一瞧，除卻壓迫感，黑髮玩家生得一張英俊卓然的明星臉，尤其戴上兜帽更讓人有種「是不是曾經在電視上見過你？」的錯覺。

黑髮玩家眉毛微微挑起，因為低頭看我的關係，額前的髮絲順著帽沿垂下，金色眼眸隱匿在陰影中，顯得更加熠熠生輝。

就連我這樣有系統加成美貌的NPC都覺得他特別好看，不知道在其他人眼中又是何等出眾。

這瞬間，我驀地從喜悅的雲端墜入絕望的深淵。

不對啊，這麼好看的男人，平常肯定都忙著約會撩妹了，怎麼可能拚命打遊戲啊啊啊！

別提什麼大神級玩家了，說不定只是隨便下載來玩玩的現充而已……這麼說來，仔細想想，綁個鞋帶就打敗魔王這種事怎麼可能發生？

方才火靈山大王速度非常快，如果迎面撞上這人，很可能在高速衝擊之下被反作用力彈飛，那這人漠不關心的反應也就有了解釋——因爲他根本不曉得發生了什麼事！

完了，這下該怎麼辦？萬一他三兩下就不玩了，我怎麼辦？唐禿會給我第二次機會嗎？不……遊戲裡NPC眾多，對唐禿而言，少了一兩個根本無所謂。

說起來，有件事我一直覺得不對勁，爲何唐禿對「沒有玩家破關」這件事反應這麼大？

沒能成功破關的玩家多的是，大部分NPC都面臨過玩家中途退出的情況，爲什麼他唯獨想刪除我？

我不明白自己是哪裡惹唐禿不順眼，難道是頭髮太多？總之他想刪除我這點無庸置疑。唐禿的權力太大，我無法反抗，只能爭取眼前這個唯一可能活下來的機會。雖然感覺很糟，但眼下更緊急的事情是——我好久沒有努力動腦子了，肚子特別餓，這樣下去什麼時候才能吃午餐？

我盯著玩家的臉，思緒卻飛了千里遠，直到身後傳來阿旺的聲音。他像是現在才反應過來，在我耳邊驚呼：「我靠！這玩家長得還眞帥啊！不知道還以為是我們負責吸引玩家的NPC咧，不就跟北北你一樣嗎？哈哈哈！」

長得好看。

負責吸引玩家。

跟我一樣。

對啊！我怎麼會沒想到？我的職責就是負責勾引玩家一路闖到最後大魔王那關，若我成功引誘了這人，那他不就會一直玩下去嗎？說不定還能為了我破關！

如此一來我不僅沒違背職責，又能夠達成目的，簡直一舉兩得！

我瞬間振作起來，熟練地三秒變臉，由冷臉轉為花朵般的笑容，從冰山美人變成森林系小妖精，舉手投足自然散發百合花香——這是系統給我的特殊技能，讓我成為名副其實的花瓶。

這項技能可以自由選擇香氣，另外有玫瑰、洋甘菊、薰衣草等等，因此我活生生就是個人體廁所芳香劑，但不可否認這技能的確好用，而且具有催情效果。

我撥弄頭髮，半瞇著眼，瞟了一下玩家頭頂的名字，「你的名字，龍總？」

說完悠悠轉身，剎那間衣襬飛揚，披在肩上的薄紗掠過白皙大腿，開衩長褲由兩側敞開，露出貼身底褲，隨著旋身的動作，腰窩在紡紗中若隱若現，展現出最恰到好處的S型曲線——這個動作號稱是本遊戲最經典的畫面之一，也是我這個角色的名場景，爲了這個動作，我練了少說超過三千次轉身。

我目光掃過四周，斜眼瞧著這名叫龍總的玩家，由上而下打量一番後，語氣傲慢地道：「原來如此，確實有狂妄的本錢，不像這個骯髒之地，還有一群下等公民……」

我扮演的冰山美人NPC蠱惑玩家的手段之一就是對誰都冷漠、視如渣滓，唯獨對玩家另眼相看，使玩家體驗到受美人欽慕的快感，以及勝過所有雄性的虛榮感。

阿旺，不好意思啊，臺詞需要，其實我也是下等公民來著。

我垂眸一看，只見阿旺跪下來抱住我的小腿，和小弟們一起亢奮地吼：「女王陛下！女王陛下！女王陛下！」

怎麼是你上鉤了啊啊啊！

龍姓玩家毫無反應，甚至無視我的存在，自顧自掏出腰際的短刀慢慢擦拭。

我表情高貴冷豔，內心生無可戀，剛才那段表演的時間，我都能吃三碗滷肉飯了。

可惡，帥哥就是特別難搞，畢竟向他獻殷勤的美人肯定比比皆是，我這番讚揚的話語自然不足爲奇。不過，我可不是一般的冰山美人，因爲我有反派光環，在我被主角打敗之前幾乎做什麼都能成功，而且臉皮很厚！

我說：「沒有被我的美貌懾服的，你是第一個。」

其實是第一千三百五十八個，對每個玩家我都是這麼說的。

我雙手抱胸，忽然從高傲轉爲落寞，眸底泛著薄薄水光，纖長的睫毛微微濕潤，

「如果是你……也許能夠幫幫我。」

龍姓玩家終於有了反應，定神凝視著我的臉。

眞想不到啊，他是那種一見到女主角的眼淚就會突然覺得愛上的類型？

被他這麼一看，我忽然又感受到強烈的壓迫感襲來，彷彿被雄鷹盯上的獵物。我趁著低頭啜泣時偷偷深呼吸，硬著頭皮扛住迎面而來的視線。

這玩家裝外掛了吧？怎麼光是瞧一眼就讓人想逃？你有沒有考慮應徵擔任我們幕後大BOSS啊？

龍姓玩家不發一語地朝我伸手。

我內心警鈴大作，做、做什麼？

龍姓玩家先是揉了揉我的頭頂，在我一臉懵然還沒反應過來的時候，又用拇指抹過我塗著淡粉口紅的唇邊，原本滿臉寫著無趣的面容勾起一抹若有似無的笑，「塗多了，眞笨。」

我突然想起，對了，上戲前化妝師的確手滑把唇膏塗歪了……原來他剛才盯的不是我的眼淚，而是我的嘴唇？

不對啊，又不是我自己塗的！爲什麼說我笨？你才笨！

龍姓玩家將指腹上的粉色隨意抹在自己的左胸口，又抬手彈了下我的額頭。

「唔！」我摀住發紅的額頭。

「下次別隨便誘惑人，尤其是我。」拋下這句話，龍姓玩家轉身離開，經過垃圾桶時，隨手將鐵棍扔了。

我不太明白，他既然不是要打我，爲什麼要搶走阿旺的鐵棍？

我怔怔望著龍姓玩家的背影，好一會才發現一件事——等等，你要去哪？跟我走啊！那裡是反方向啊啊！

我正想追過去，忽然聞到身後傳來一陣飯香，頓時猛地回頭。

一名穿著藍色制服的警察NPC走過來，「是你報的案嗎？」

旺財幫一群人早已被其他警察NPC壓制在地，其中阿旺流淚大吼：「抓錯人啦！警官大人！我不是來鬧事的啊！我是群演NPC啊啊啊——」

啊，都忘了我有報警抓人了。

我正想開口替他們解圍，另一名警察NPC捧著豬排飯經過，問道：「這碗本來要在問供時給犯人的，既然現在已經人贓俱獲……報案的，你要吃豬排飯嗎？」

「好啊！」

阿旺哀號：「不要連豬排飯都不給我啊啊啊！」

沒人理會阿旺的哭喊，警察NPC將昏厥的火靈山大王上銬，並向附近攤販詢問事發經過，攤販回想稍早的情況，說道：「我離得很遠啊，不太確定剛才是怎樣，不過……有一件事很奇怪，在他們還沒發生爭執的時候啊，那個玩家靠在牆邊站了很久，就是那邊那個角落有沒有？他一直站在那裡盯著那位美人NPC。」

警察NPC低頭記錄，「玩家表情如何？是高興？懷疑？還是仇恨？」

攤販語氣困惑：「不……都不像，說不上來啊，沒什麼表情，不像高興，也不像懷疑，更不像仇視，最奇怪的是，後來那個火靈山大王和混混NPC出現時……」

「怎麼了？」

「玩家朝他們走過去，他靠著的那面牆，竟然碎了……」

我一邊聽他們討論，一邊嚼著豬排，心想警察局的豬排也好吃呀！只有罪犯才能吃，太可惜了！

同時，另一邊傳來其他警察NPC的驚呼：「陳Sir，你看這個證物！」

警察NPC從垃圾桶撈出被玩家隨手扔掉的鐵棍，中間的部分凹陷了下去，像被揉爛的紙捲，以痕跡來判斷是被五指攥緊所造成。

我一邊聽他們討論，一邊嚼著白飯，心想這白飯是怎麼煮的？好彈牙呀！

而此時龍總已經走遠了。

# 第三章　天堂有路你不走，地獄無門偏硬闖，你能不能看看估狗MAP？

我捧著吃得乾乾淨淨的飯盒，使出吃飯的力氣狂奔，好不容易才追上龍姓玩家。

「你、你要去哪裡？主線任務在後面！」我邊喘邊說。

龍姓玩家停下腳步，趁著我把空飯盒藏在背後的空檔，無比自然地伸手拈去我嘴角的飯粒，塞進我嘴裡。

很好，他的注意力被引開了，沒發現我上班偷吃豬排飯還偷偷把飯盒藏起來。

我甩了甩髮尾，繼續道：「龍姓玩家，我有事相求，這件事只有你辦得到……」

龍姓玩家垂頭看錶，拇指朝後比了比，「等等，先去那裡。」

怎麼？你想上廁所？

我順著他手比的方向，望向他身後的建築物——那是一棟無比高聳的環狀建築，外觀非常像傳聞中破關玩家回鍋遊戲才會挑戰的地獄級競技場，裡頭全是各支線任務王關的魔王，等級皆為九百九十九等以上。

不，一定是我認錯了，那才不是競技場，可能只是辦演唱會的地方。

我板著冰山臉問：「你想去看表演？」

龍姓玩家搖頭，「我要參加。」

……主線沒有這一段，你不要自己加戲啊啊啊！

龍姓玩家毫不猶豫地朝售票亭走去，我頓時潸然淚下，以美人倒臥之姿緩緩地坐在地上，像根輕盈飄落的羽毛，「別走，我不希望你死……」你死了誰來幫我破關啊！

售票亭內的一個男性工作人員NPC探出頭來，吹了聲口哨，「是啊，先生，有這麼漂亮的男朋友，何必送死呢？」

龍姓玩家眼皮抬也不抬，「參賽表。」

簡單扼要，一句話。

男性工作人員NPC被他的氣勢嚇著，看了看他，又看了看倒在地上的我，顫巍巍地遞出參賽表。

一旁的幾個女性工作人員NPC交頭接耳，「看來是郎有情哥無意啊，真可憐……我們幫幫他吧？」

我動了動耳朵，內心無比感謝這群好心的NPC，八成是見過太多這樣的場面，知道一旦進入這個競技場就是有去無回，所以才想幫我勸退他吧？拜託了！

工作人員NPC們你看我我看你，雙雙點頭，接著同時拍手鼓吹：「在一起！在一起！在一起！」

誰叫你們幫我這個了啊啊啊！

龍姓玩家面色不變，抬了抬下巴，示意我自己站起來，用彷彿說過一千遍的熟稔語氣道：「別鬧脾氣。」

……你不聽話我眞的要鬧了。

我生無可戀，幽幽地起身，擺手拒絕，接著聽工作人員NPC向龍姓玩家介紹這個競技場危險指數有多高，對手有多凶殘，還必須先簽下死亡切結書，內容是這樣的——

注意！在本遊戲中，痛覺爲百分百眞實體驗，未做好心理準備請勿輕易嘗試參加競技。競技場中有許多地獄級魔王喜愛將玩家開膛剖肚、生吞活剝，若患有心臟病及其他特殊疾病不宜參與，如玩家在戰鬥過程中身心受創甚至暴斃身亡，本遊戲恕不負任何法律責任。

這是極爲殘酷的競技挑戰賽，但同時獎勵也豐厚，勝利者不只可以隨機指定遊戲裡任何一項無價之寶，且名稱欄位會附加上象徵榮譽的鍍金稱號，最後還能無限暢玩所有伺服器大陸的隱藏關卡。

我懵然聽著介紹，左耳進右耳出，已經覺得無所謂了，甚至還有些樂觀地想，這個玩家看起來挺厲害，說不定還眞能贏得冠軍？

「那麼，龍總先生，請你來抽選這次競技賽使用的武器。」女性工作人員NPC笑容親切，指向售票亭旁的紅色扭蛋機。

就是便利商店外面常見的那種高度不到一百公分的扭蛋機。

這看起來非常不可靠的機器是怎麼回事？眞能抽出什麼威力強大的兵器嗎？

龍姓玩家沒有吐槽，也沒有任何疑問，我想他遇上再大的事都是這副雲淡風輕的樣子吧。

他撥了把長袍，蹲下來轉扭蛋機。

喀噠、喀噠，沒有神奇彩光，沒有歡樂配樂，平凡的轉蛋機掉下一個殼子。

我湊到龍姓玩家身後好奇地探頭，本以爲會是一顆圓球，沒想到殼子是長方體。

形狀如此特別，說不定是什麼特殊武器？

龍姓玩家打開殼，裡頭擺的，是一雙免洗筷。

還不是不鏽鋼環保筷，是便利商店的免洗筷。

我們這是跑錯地方了吧？這根本不是競技場而是競技場-ELEVEN吧！

龍姓玩家掂了掂手裡的筷子，彷彿拿在手上的眞的是把武器。

我說你不要這麼不當一回事好嗎？你確定要拿筷子去打魔王嗎？你是去砸場不是去和大佬們聚餐的知道嗎？

這時，工作人員NPC熱情的問候再次響起：「恭喜親愛的玩家龍總，慶賀您第一次參與競技場爭霸賽，我們提供抽中傳說神級武器機率提升百分之兩百的特殊轉盤，原價抽一次九萬九千九百九十九鑽石，現在限時優惠只要五萬鑽石！」

我就說這武器爛得不可思議，原來是要課金啊啊啊！

工作人員NPC從櫃檯取出散發神祕金光的小型轉盤，閃得讓人無法直視。我瞇著眼努力觀察，上頭大概有三十幾種武器，其中高達十多種竟都是過去伺服器中的大神使用的傳說神級武器。

這競技場能搞到這麼多極稀有武器著實不容易，雖然五萬鑽價格高昂，大概是我一年又三個月的薪水，但不得不說確實值得，畢竟傳說神級武器是人人求之不得的。

我一個沒要參賽的文學系NPC都忍不住心動，更別提戰鬥系的玩家了。然而龍姓玩家站起身，十分無所謂地把筷子向後插在腰際，「沒必要。」

嗯？

我眉頭一蹙，指尖輕輕搭在他的手臂上，一副憂心關切的模樣，「換個轉盤，說不定幸運女神會降臨在你身上。」

玩家！快明白我的暗示啊！沒有課金的玩家在遊戲裡可是會特別哀的！

龍姓玩家一派自然地說：「你不是已經在這裡了嗎？」

我……我什麼話都來不及說，旁邊便爆出尖叫聲，女性工作人員NPC們七嘴八舌地興奮討論：「妳看見沒？好帥啊！看起來滿不在乎，其實都放在心上呢！」

妳們是怎麼自己想像出愛恨情仇的啊……

龍姓玩家轉身走向競技場入口，背影顯得泰然無所畏懼，入口的光芒令他斜曳出高大的影子，我忽然有種預感，也許這個人眞能創造出意想不到的傳奇——

突然，龍姓玩家腰際的筷子沒插好，眼看就要掉落在地，他迅速向後一轉，

「啪！」軍靴一腳把他唯一的武器，竹筷，穩穩地踩斷了。

我面無表情和他對視。

「……你眞的不重抽一下嗎？」

競技場內充斥猛獸一陣又一陣的怒吼聲，六道出口全都放下了鐵柵欄，柵欄後是來勢洶洶、不停衝撞欄杆想闖進場內的六星級狂獸。

這表示，玩家一旦進入場內，便無法臨陣脫逃。

競技賽即將開始，寬闊的環狀觀眾席上只有我一人，我神色淡然地從高處俯視底下的賽場，一面把手中的爆米花放進嘴裡。

喀嚓、喀嚓，我的眼神相當平靜，搭配一襲白衣，宛如落入凡塵的仙子。

已經無所謂了，不管是玩家偏離主線跑來參加競技賽，或是武器抽到竹筷，甚至是竹筷還沒進場就斷了，全都無所謂了。

因爲剛才姓龍的玩家一進場內，主持人便激昂地大吼：「看過來、看過來！百年一見的玩家挑戰魔王競技賽即將開打啦！這是極具歷史性的時刻，過去主動參加競技賽的玩家屈指可數，只因爲——本競技賽總共有一百關！玩家必須連續挑戰一百位等級九百九十九的歷代魔王，不得中途休息！不得中途離場！當然，也不得中途死亡嘍！哈哈哈，那麼現在，讓我們熱烈歡迎今天的玩家，龍總！」

一百關。

一百關。

一百關啊啊啊！

等你比完我這禮拜都不用下班啦！你們玩家闖關的時候有沒有考慮過NPC在旁邊等的心情啊！

激昂的戰鬥配樂響起，第一位魔王登場，魚頭人身，頭部前端有根長長的尖刺，目測應該是旗魚。

旗魚王反派式地仰天大笑：「哈哈哈哈哈！人類！很不幸，你第一關竟然遇到我！競賽已經結束了！哈哈哈哈哈！」邊笑還邊朝天上吐泡泡。

龍姓玩家忽然抬頭，似乎在找尋我的位置，由於看臺區僅有我一個人，他幾乎一眼便找到我所在的方位。

我也不是省油的燈，反應極快地將手裡的爆米花藏到腳下，仰著脖子露出冷笑，臉上寫著「哼，玩家，我看你怎麼表演」。

等龍姓玩家收回視線，我又變回死魚眼，繼續生無可戀地往嘴裡塞爆米花。

我邊吃邊細思，咀嚼著食物，腦袋這才活絡起來。

這個玩家不對勁。

先不提強大的氣場，他明明看起來性格冷淡，再加上從不聽任何勸告，應該是個天生傲骨，習慣發號施令的人，可是他對我的態度卻異常親近，語氣也很相熟，就像早就和我認識一樣……難不成，是回鍋玩家？

我越想越覺得有可能，坦白說，爲了我（的長相）特地回鍋的玩家不少，可惜了，世紀虐戀啊，我們NPC跟你們眞人是沒有未來的。

只要玩家曾經中途死亡，或最後順利破關，系統就會自動清除主線NPC的記憶，這是爲了確保我們對玩家沒有私人感情，對待每一位玩家都同樣公平。

我憐憫地注視著站在旗魚王面前的龍總。放心吧，愛上我這副皮囊的人，你不是第一個，這不是你的錯，是美術帝闖的禍。

別說我自我感覺良好，把虛擬實境遊戲當成戀愛遊戲來玩的人還眞不少，這麼說來，比起我，古狗伺服器大陸那邊號稱英俊瀟灑的七位王子更是萬人迷。

古狗伺服器大陸天天都是爆滿的狀態，玩家們搶破頭想擠入，不過王子們雖然備受少女們追捧，但只有我們這些NPC才知道，其實他們光鮮亮麗的外表下，是枯萎凋零的心。

因爲那七位王子時常被看似清純可愛的少女玩家們隨機配對。

不分長幼順序、罔顧倫理道德，據說配對從一對一到一對七都有，玩家們幻想出來的情節媲美八點檔，驚世駭俗的程度足以登上社會頭條，名副其實的貴圈眞亂。

想想我們亞虎大陸，只有一群輪班帶玩家的主線NPC，還有各種給玩家找刺激的大大小小魔王們，可以說是非常和平……

「砰！」我旁邊的長椅突然被砸碎，旗魚王竟然不知何時被龍姓玩家打飛，重重地砸在我身邊。

強大的衝擊力使我不受控制地手臂一震，紙盒裡的爆米花如天女散花般灑出，我屏住氣息，雙眸一睜，迅速俐落地接住所有飛散的爆米花，一個也沒漏。

呼，嚇死我了，還以爲又要舔地板。

主持人歡快地大吼：「恭喜我們的玩家龍總獲勝！創下最高紀錄一分三十五秒整擊敗魔王，不過請別掉以輕心了，這才只是我們的第一關，路還很長——」

我有些驚訝，我爆米花還沒吃完，第一場就結束了？我平常可是那種帶爆米花進電影院，結果預告片還沒播完爆米花就吃完的人。

旗魚王狼狽地從自己砸出的坑洞裡爬起來，撥了撥滿身碎屑，坐到我旁邊，「嗨，小北。」

魚臉上看不出笑容，可是能聽出他態度親和，和方才在場上狂妄的模樣截然不同。我一點也不意外，畢竟我們NPC本來就是照劇本演戲。

我點點頭，「魚哥。」

我不認得旗魚王，旗魚王卻認得我，這很正常。

應該是我以前帶玩家的時候曾見過他，雖然我對玩家的記憶被系統洗掉了，但未涉及主線的其他NPC對玩家的記憶會留存下來。

果不其然，旗魚王主動表示：「我是在東海鎮守的銅級魔王，有一次你的玩家偏離主線任務，剛好在那邊遇到我，你們還在海景小屋住了幾天，我們一起吃烤魚吃得可香了！」

……你一個魚王吃烤魚沒問題嗎？不過我居然忘了烤魚的味道，可惡。

我突然想到一個疑問，「你說我們住了幾天？不是都偏離主線任務了嗎？」照理說，我應該立刻會帶玩家回歸正途才對。

「喔，好像是玩家不小心迷上你穿泳裝，堅持留下。」

「……原來如此。」

旗魚王望向底下的競技場，「他手下留情了。」

我一邊把爆米花往嘴裡塞，一邊歪頭表示不解。

旗魚王苦笑，「我能完好無損坐在這裡跟你說話，要感謝你的玩家手下留情，我原本還以為要完了，你這次帶的新人挺強啊……不，是我太弱了吧，才會每次都被排在第一號出場，又總是被新人擊敗……眞是沒用。」

魚頭紅著眼眶，顯得很不新鮮。

我嚼著爆米花說道：「那是你的人設不是嗎？第一號魔王什麼的，不是一出生就是遊戲企劃娘娘的決定？還有，誰說你沒用，一到一百號魔王，總要有第一號，第一號是不可或缺的。」

「小北……」旗魚王偷偷擦掉淚水，臉上看不出笑，語氣卻明顯轉晴，「你這孩子眞是，還是那麼溫柔體貼……對了，爆米花可以分我一口嗎？」

「不行。」

底下的競賽還在進行。

第二位魔王登場，這位的攻擊性明顯提升許多，是隻人頭蜈蚣，六顆頭顱串連成一隻怪物，臉頰旁邊全是足肢，滿嘴尖牙，牙口全黑，六顆頭顱同時發出「桀桀桀」的怪笑。

旗魚王忍不住皺了皺眉，「這是……銀級吧？第二個魔王怎麼就瞬間提升難度了？」說完，他瞥了我一眼，發現我忙著趁機吃東西，於是小聲地說：「你怎麼還吃得下去啊……」

人頭蜈蚣王笑聲粗啞，六顆頭顱一致和聲，重疊的音效聽起來有些魔幻，「你這個玩家、有點意思……叫什麼名字？」

人頭蜈蚣王沒聽從賽場的指示自我介紹，而是輕蔑地問了玩家的名字，顯然是不善配合的魔王。

龍姓玩家踢了踢鞋尖，像在清理軍靴裡的石子，「你爸爸。」

人頭蜈蚣王六顆頭顱同時一愣，「不是、你頭上頂著的ID，不是叫龍……」

話還沒說完，龍姓玩家總算取出石子，隨手一彈——誰也來不及看清一切是怎麼發生的，只見被碎石砸中的人頭蜈蚣王發出一聲淒厲綿長的慘叫，高高彈飛上天，最後重重摔落在觀眾席。

下一個預備登場的魔王是人面蜘蛛，他八隻毛毛的腳抖如篩糠，只有黑瞳孔的眼睛瞪得老大，「爸、爸爸……？」

之後的每場戰鬥，與其說是競技，倒不如說是職業拳擊手與他的沙包。

龍姓玩家動作細微，有時僅是動動手指，快得讓人不明白他是什麼時候出手，魔王便已飛出場外，不知情的還以爲是棒球比賽。

也因此，現在看臺區排排坐著三十幾位被打飛到觀眾席的魔王，有的椅子被砸碎了就直接坐在地上，原本冷清的看臺頓時變得熱鬧滾滾。

「來啦、來啦！下好離手吼，現在來賭我們幾號魔王才能成功說完自我介紹、成功說完自我介紹吼！」人頭蜈蚣王自稱老蜈，他其中兩隻手捧著賭盤，其他隻手則興致勃勃地互相搓了搓。

……不是賭誰能贏，而是賭誰能說完自我介紹嗎？

「北北，你帶的這個新人不簡單啊，也許有機會能成爲最短時間內擊敗所有魔王的強者。」人面蜘蛛王自稱阿蛛，他一隻毛腳抱著自己剛買的爆米花，一隻毛腳負責吃，還有一隻毛腳負責拿可樂。

走道中間販賣點心的工作人員NPC面前排滿了魔王，明顯應接不暇，手忙腳亂地結帳。

「是啊！我剛才眼睛都還沒睜開，人就飛來這裡了，這個玩家的實力恐怕有金級以上，沒意外應該能打到八十關，在這之後嘛，就不一定了……」蝙蝠星人自稱小蝙，一邊吞著熱狗堡一邊附和。

綠毛蟲小孩鼓著嘴說：「唔，才不到三十分鐘已經擊敗三十幾人，而且你們沒發現嗎？他連武器都還沒亮出來！好可怕啊！我覺得他一定能全部破關！」他佩服的語氣宛如在看一位電視上的英雄。

在這段期間，又陸續飛過來十多個魔王，觀眾席被砸壞的範圍不斷擴大，人倒是都安然無恙。

我默默心想：話說，爲什麼你們所有人都往我這邊飛啊？雖然攤販NPC賣的點心是無限量供應，可是買東西要排隊啊！這裡有四十幾人，一人買一份至少要三十秒，等於我買下一份點心起碼得等二十分鐘！

我表情高冷，內心氣憤。

至於場上的事已經沒什麼好擔心的了，照這個速度下去，說不定不到兩小時就能結束，既不會影響闖主線任務的時間，還足夠我飽飽地吃完一頓，非常完美！

我繼續專心吃點心，趁玩家沒注意時把握機會偷吃東西是我們NPC必備的技能，和上課趁老師寫黑板時偷吃零食是一樣的道理。

「等等！他怎麼會在這裡！」魔王群中不知是誰發出驚叫，所有人同時往臺下看。

我手裡的點心掉落一地，爆米花和可樂全灑了出來。

在場上的，是黑暗陰兵盔甲。

他不應該在這裡，他是活狐伺服器大陸的高階魔王。

黑暗陰兵盔甲外貌和人類一樣，但全身上下覆著盔甲，從沒有人知道盔甲底下眞正的模樣。

黑暗陰兵盔甲取代了原本該上場的魔王，毫不在乎地踢開腳邊的頭顱，死不瞑目的那名魔王斷頭滾到龍姓玩家腳下。

在黑暗陰兵盔甲背後，是數十具疊起的屍體，剩下五十幾位還未上場的魔王，全被他殺了。

黑暗陰兵盔甲開口笑道：「聽說來了個強者新人，所以我來試試。」

龍姓玩家表情不變，別說驚訝，甚至也沒有緊張。

我忽然一驚，發現一件不妙的事。

以玩家的角度來看，會不會以爲這只是遊戲的突發關卡之一？完了，得提醒他這不是常規事件！快點逃！

黑暗陰兵盔甲陰惻惻地笑：「獵物越強，我越興奮。」

他是眞正的瘋子殺人魔，以凌虐玩家爲樂。

照理說，這樣的NPC應該早就被系統判定爲必須消除，偏偏他都是在「合理的」地點虐殺玩家，例如像現在的競技場，或者魔王關等等，名義上是「執行工作」，無論是系統還是NPC最高法院，都沒有證據判定他惡意殺人。

他是黑色軍團的其中一員。

黑色軍團是一群遊走在法律邊緣的犯罪分子，裡頭的成員未必皆是擔任反派角色的NPC，也有擔任正派角色的NPC參與，因此無法從外表判斷，他們的共同愛好就是用各種窮凶惡極的手段凌虐玩家致死。

玩家退出遊戲後，再也不肯碰遊戲還是小事，有的不幸因此精神崩潰，甚至受到太大驚嚇暴斃而亡的也有。

這些玩家都曾登上現實世界的新聞版面，但外面的人並不曉得遊戲中的情況，只以爲這些玩家是由於連續遊玩數十個小時的遊戲，才導致暴斃。事實上，他們是被迫困在遊戲中遭受凌虐長達數十小時而致死。

這種事絕不能發生在我眼前。

我不假思索地大叫：「玩家！快躲開！那不是闖關！」

龍姓玩家抬頭望來，黑暗陰兵盔甲不悅的視線也掃過來，其他魔王們更是驚恐地看著我。

畢竟只要黑色軍團出現，其他NPC總是能閃多遠就閃多遠，因爲唯有NPC能夠眞正殺死NPC。

「吵死了。」黑暗陰兵盔甲手中聚集出巨大的黑暗衝擊砲彈，其威力大概足以炸毀整片觀眾席，隨隨便便如扔皮球似的朝我扔來。

砲彈速度極快，眨眼間便已迫近，其他九百九十九等的魔王群勉強慌張閃開，但只有五十等的我根本無力躲避……

我眼睛一閉，什麼也來不及想，眼前「砰」一聲炸裂開來。

預想中的死亡沒有來臨，我悄悄半瞇著睜開眼，原本有點害怕會看見什麼斷手斷腳的血腥畫面，看見的卻是龍姓玩家頎長的背影。

龍姓玩家無畏地站在我面前，黑暗衝擊砲彈在他身前四分五裂，沒有造成任何震盪，而是化爲無力的粉末浮沉在他四周。

他是什麼時候來的？我驚訝地將目光投向競技場，距離這麼遠，他是怎麼……

「衝擊砲彈粉碎了？」魔王們迅速爬回來，各個大呼驚奇，就連他們也沒把握能應付黑暗陰兵盔甲的獨門招數，光是閃避就相當吃力了，更別說直接粉碎砲彈。

魔王們紛紛擠到我身後，爭先恐後地想看玩家是怎麼打碎砲彈的，定睛一瞧，龍姓玩家手上沒有武器，只有半截筷子。

筷子。

還是半截。

競技場內出現長達五秒的沉默，就連黑暗陰兵盔甲都動也不動，顯然沒預料到自己堪比核子武器的砲彈竟能如此輕鬆被分解。

直到人面蜘蛛王突然驚呼：「等等，我想起來了！我聽過一件事……曾經有個以鍛造傳說神級武器聞名的星球，名叫竹星球，至今仍有許多傳說神級武器都是在該星球誕生。據說它是宇宙洪荒形成以來最小的一顆星球，細小又狹長，奇怪的是，後來人們發現，它變得越來越小、越來越小，最後消失不見了。有人說這個星球早已被黑洞毀滅，也有人說其實它化爲隕石，墜落到了地球……變成它最原始的模樣，一雙竹筷。這雙竹筷就是神級傳說武器的母星，蘊藏了整個竹星球的礦物、氣體和宇宙能量，根本難以想像它……」

「我出一百塊賭盔甲查埔人輸啦！」人頭蜈蚣王抖著腳往底下丟可樂。

「上啊！玩家！打爆他！」綠毛蟲小孩揮舞著粉拳。

「你們倒是聽我說話啊！」人面蜘蛛王叫道。

「阿蛛，你話太長了。」我嚼了口熱狗堡，「所以說……」再嚼了嚼，「那個竹筷到底是什麼？」

阿蛛無語，「都什麼時候了，你怎麼還在吃？」

就是這種時候才要趁機吃啊！大家都把食物丟下顧著看玩家表演了，這時盡量吃才能吃得比誰都多，你不懂。

我鼓著臉頰偏頭看他，等待答案。

阿蛛用毛毛腳按了按腦袋，無奈地回答：「玩家最開始不是抽了武器？大概是中大獎了，那應該是傳說神級武器之宗。」

……你跟我說那雙竹筷是祖宗？

我眞是越來越不懂這遊戲的企劃娘娘在想什麼了。

底下的黑暗陰兵盔甲已經回過神，悶悶的笑聲從頭盔裡傳出，「呵呵呵……有意思，會掙扎的獵物才是好獵物。」

人頭蜈蚣王繼續嗆：「給恁爸跩什麼跩！你才獵物，你全家都獵物啦！」

黑暗陰兵盔甲抬頭，所有人瞬間噤聲，剛才目睹玩家一招擋下砲彈的爽感都消失了，這強大的威壓眞不是蓋的。

即使玩家能擋住砲彈，然而他能殺得了黑暗陰兵盔甲嗎？誰都清楚，黑暗陰兵盔甲相當難纏，藏在盔甲底下的招數有千百種，砲彈只是對方的第一招……

所有人齊齊看向玩家，龍姓玩家靜止不動，依然站在高處，像是在觀察。

難道他也不清楚黑暗陰兵盔甲的實力？想剛才那些魔王他可是隨隨便便就一秒掀飛……

我皺了皺眉，假如玩家沒辦法解決，我該怎麼做？不管怎樣，身爲NPC最重要的職責之一，就是緊急時刻以玩家安危爲第一優先。

黑色軍團是特殊級別的犯罪集團，想報警也得先請示上頭，等特種部隊NPC抵達這裡時，肯定來不及了。

目前最好的方法就是由我和這些魔王NPC拖住他，爭取時間讓玩家先離開，只是黑暗陰兵盔甲眨眼間就擊敗了五十幾名金級和鑽石級的魔王，我加上這些銀級和銅級魔王攔得住他嗎？

見玩家仍站在觀眾席，黑暗陰兵盔甲嗤笑一聲，顯然和我一樣認爲玩家是不敢貿然行動，輕蔑地說：「誰都別想逃。」

他的手中再度凝聚出巨大的黑色衝擊砲彈，這次直接在場上不斷擴散，彷彿黑洞般捲起狂風，將周遭所有物件捲入。天空打起響雷，天色為之一變，陰雲密布，競技場上空被和衝擊砲彈同樣沉重的黑色覆蓋。

遊戲世界的天地變化，是照著系統的規律，能夠撼動天地的NPC要不是出了BUG，就是強悍成神。正巧有傳聞說，黑色軍團掌握了遊戲的某種BUG，才能突破NPC的限制，強大得人人恐懼……

「喂喂，這天不會塌下來吧……」不知是誰驚恐地說。

這麼大面積的衝擊砲彈砸下來，可是連躲都沒辦法躲了。

龍姓玩家終於動了，他仰頭看天。

所有人屏息以待他的下一步，我不安地咬著熱狗堡，心知不能再拖下去。

當我正想站起身時，龍姓玩家收回視線，朝底下緩緩開口：「你只有這招？」

語氣平淡，並非挑釁，像單純的詢問。

黑暗陰兵盔甲一頓，大笑道：「哈哈哈，好！等會記得多掙扎一會，別讓我無聊……了……」

黑暗陰兵盔甲話還沒說完，整個人突然僵住——

一枝斷筷穿透盔甲，直直插進了他的眉心。

「你已經讓我無聊了。」龍姓玩家淡淡表示。

黑暗陰兵盔甲不敢置信地低頭看自己的身體，不僅頭部，還有三截竹筷同時穿透他的心臟、頸部、肺部，招招致命，「咳、咳咳咳……原來……這就是獵物們瀕死的感覺嗎？不甘、痛苦……哈哈哈！有意思……」

黑暗陰兵盔甲向前倒下，化爲光點消失。

我震驚不已。

你這麼厲害，爲什麼不早點動手啊？害我浪費了一堆腦細胞，還好我剛剛吃得很飽！

其他魔王各個瞠大眼、張大嘴，你看我我看你，不敢相信自己的眼睛。

「結束了？眞的假的？」

「騙人的吧？」

「你們有誰看到他是什麼時候出手把那混蛋串成丸子的？」

這時，沉默許久的旗魚王出聲：「我一直在想一件事……如果那竹筷眞的是傳說中的竹星球，那麼這個玩家……居然可以折斷最強兵器？」

場面又寂靜五秒。

「靠！難怪！傳說神級武器都能當普通竹筷折斷，黑暗陰兵盔甲算什麼？保麗龍？」

阿蛛感動道：「魚大哥，你竟然有認眞聽我說話！」

我一愣，這才想起當時龍姓玩家確實是隨便一踩就斷了。

我放下吃到一半的熱狗堡，「所以……他是眞的很厲害？」

所有魔王一頓，「不是，我們之前都被打飛了，你現在才發現？」

我以爲只是湊巧啊……而且忙著吃東西沒認眞觀戰嘛。

龍姓玩家從看臺區的欄杆上跳下，朝我走來，我趕緊把熱狗堡放下，還記得撥了撥嘴角的碎屑。

龍姓玩家垂眸瞧了一眼被我掃到胸口的麵包屑，我趕緊轉過身，裝作不屑與他面對面，實則偷偷拍掉麵包屑，拍完才斜睨著他，雙手抱臂，勾起嘴角說：「呵，玩家，表現得不錯，還記得替我擋子彈，勉強給你六十分吧。」

快聽出來我這是在謝謝你救了我！

龍姓玩家不置一詞，看得我心裡發怵。

連我都覺得自己這麼對待救命恩人很不上道，而且這個人看似一本正經，實力又這麼可怕，我在他面前一直擺高姿態，眞的不會被打嗎？

龍姓玩家走近，俯下身，我趕緊閉上眼，以爲要被打了，沒想到手中隨即一輕，他吃掉了我手裡剩下三口的熱狗堡。

還剩下三口啊！

我瞪大眼，正想叫出聲，龍姓玩家拍了拍我的後臀，「弄乾淨。」

我整個人蹦起來，反射性拍拍屁股，也不曉得拍乾淨了沒有，拍完才想起，不對呀，他都發現我偷吃了，我爲什麼還要弄乾淨呢？

旁邊的魔王們：「我說……一般吃東西會掉到屁股上嗎？」

主持人NPC再次出現，激昂地大聲宣布：「各位觀眾！本次競技賽贏家出爐，恭喜我們的玩家龍總獲得至高無上的冠軍榮耀！時隔五年再度有人挑戰成功，並且創下本競賽有史以來最短時間破關紀錄，實在是太讓人驚豔、驚喜！再次恭喜我們的最強玩家，龍總！」

我偷偷斜眼覷他，龍姓玩家還是一臉覺得無趣的表情，彷彿主持人歡呼的對象並不是他。實在不懂他好好的主線任務不解，偏要來參加競技賽的目的是什麼？看起來也不是挺感興趣的樣子。

「無聊嗎？」龍姓玩家突然說。

我嚇一跳，「嗯、嗯？」

他突然這麼問，我還以爲是心聲被看穿了，愣了一會才明白他是問我等他比賽完無不無聊。

「還好。」我實話實說。畢竟有東西吃，旁邊又有這麼多人，倒也沒覺得無聊。

龍姓玩家往後瞟了一眼，原本待在我們後面的所有魔王立刻原地立正站好，像被盯上的木頭人似的，冷汗直冒，動都不敢動。

龍姓玩家收回視線，「嗯，有他們陪你玩。」

嗯？

我花了點時間才意會過來，原來剛才競賽時所有魔王都往我這邊飛，是他故意的？我的天啊，就是你害我要排隊二十分鐘才能買到點心！

魔王們再次竊竊私語：「不是吧？我們好歹也是等級九百九十九的魔王，怎麼好像被當成寵物……」

龍姓玩家問：「不過，你和他們本來就認識？」

我回答：「有一些吧，畢竟都是同公司……呃，我是說同地區。」

龍姓玩家擦拭著小刀，「喔。」

魔王們：「……有人覺得脖子涼涼的嗎？」

我們走到場上領取獎勵，頒獎人NPC笑盈盈地送上了冠軍獎牌，我則待在一旁等龍姓玩家領獎。

其他工作人員NPC八卦地對我說：「老天！終於結束了，開頭那個秒殺，我們看得都不忍心！」

另一個人接著道：「是啊，本來照理說黑暗陰兵盔甲來鬧事，競賽應該中止才對，誰知盔甲也被玩家秒殺！你離得遠也許不清楚，他在場上的氣勢太嚇人了，所以我們決定趕緊頒獎給他，千萬不要讓他再來第二次。」

……這麼隨便沒問題嗎？

他們彷彿從我冷漠的目光看出無言，主動解釋：「沒關係、沒關係，盔甲不是解決了後五十位魔王嗎？而他又解決了盔甲，代表他絕對有凌駕於我們後五十位魔王的實力，冠軍實至名歸。」

另一位補充：「而且更重要的是，獎勵不是我們給，是系統給。」

……說的也是。

見他們一人一句說得歡快，我蹙起眉問：「那些被黑暗陰兵盔甲殺害的魔王……」

工作人員NPC笑了笑，「放心，他們沒事，這裡是競技場啊，被宰是家常便飯，在競技場內死亡的NPC都會復生，這是系統給予競技場的特殊設置。」

我點點頭，眉心這才鬆開。

另一位工作人員NPC疑惑地道：「我記得他們已經被傳送回來了吧？」

「嗯，是啊，他們還在休息室裡說好險被黑暗陰兵盔甲截胡了，不然那個玩家好恐怖。」

……你們競技場的人，還眞的都很隨便啊。

挑戰競技場成功的獎勵有許多項，頒完最基本的獎牌，再來就是名稱鍍金了。

玩家除了名字會變成稱霸群雄的金色，還能自由選擇要在名字前方加上什麼稱號，舉例來說，如果玩家想被稱呼爲「史上最強」，那麼加上稱號以後，就會變成「史上最強龍總」，稱號的字體會比自己的名字小一些，作爲區分。

頒獎人NPC問：「玩家，你想要加上什麼稱號？」

我有點好奇像他這樣的人會選什麼稱號，感覺他並不在乎這種小事，說不定還會說「隨便」，然後名字就變成「隨便龍總」，那就悲劇了。

我豎起耳朵聽，打算隨時阻止悲劇發生。

龍姓玩家想也沒想，說：「林北。」

嗯？叫我？

頒獎人NPC面不改色，「好的，立刻爲您鍍金，恭喜您成爲『林北龍總』。」

……是我想都沒想過的超級大悲劇啊！該不會是看到什麼字就選什麼吧？是說林北龍總這名字聽起來超級跩啊！

我趕緊衝過去，也許玩家覺得無所謂，反正名字懸在頭上，自己看不見，但走在路上可是人人會看見啊！

爲了避免他淪爲NPC茶餘飯後拿來當話題的中二玩家，我試圖阻止，沒想到我什麼都還沒說，他便一掌按住我的腦袋，「沒得商量。」

我反抗道：「那是我的名字！我爲什麼要聽你的？我要行使商標權！」

龍姓玩家盯著我，我忍不住孬了，縮了縮脖子，又不甘示弱地睜大眼睛瞪回去。

我本以爲龍姓玩家會擺出更強硬的態度，沒想到他說：「那我聽你的。」

咦？

「我冠上你的名字，歸你了。」

欸？

我腦袋打結，心想這樣代表他決定聽我的話了是嗎？但再想了一下又發現不對啊，冠上我的名字，不是一樣叫「林北龍總」嗎！

就在這時，歡快的多重和弦旋律響起，我們面前憑空冒出一扇門，門內有一道金色階梯通往高處，依稀能望見盡頭是一棟散發璀璨光芒的白色建築，宛若天堂。

這就是傳說中的天堂之門。

我張著嘴，一時忘記腦中糾結的事，看得入迷。

大概從來沒有NPC這麼近距離見過天堂之門，天堂之門在非常特殊的情況下才會開啟，並且是由遊戲系統判定開啟與否，即使是各伺服器大陸的首席都沒有權限左右。

頒獎人NPC站在門邊，五指併攏，擺出恭迎的手勢，「請玩家龍總進入天堂神殿領取您的獎勵，只要您希望，沒有什麼求不得。」

這就是競技賽的最大獎勵，幾乎所有玩家皆是爲此而來——能夠挑選遊戲裡的任何一樣物品，當然也包括那些隱藏在遊戲中從未出世的傳說寶物。

我羨慕地看著龍姓玩家，沒有人不好奇天堂神殿裡是什麼樣子，傳聞置身其中像是身處最美好的夢境，周遭一切全是你心中最渴望的東西，也有人說裡頭變化多端、神祕莫測，集結了自古至今所有無從解釋的景色，一不小心就會迷失其中。

不管外界怎麼猜測，從沒有人眞正給過答案。

第一，因爲天堂之門只有玩家能進入。

第二，遊戲開創以來進入過的玩家不到五位，聽說他們離開神殿後，什麼也沒說，一個個彷彿都被下了禁咒，並不透露任何關於神殿的訊息。可是，當其他人忍不住好奇地問起他們時，他們卻又露出謎樣的笑容，沒有半點被強迫封口的緊繃。

龍姓玩家進門前瞧了我一眼，接著頭也不回地踏入門內。

天堂之門立刻關上。

我坐在競技場上的石階等了一會，一邊玩著雜草一邊心想，那麼長的階梯要走多久啊？

意外的，不到五分鐘時間，天堂之門再度出現，龍姓玩家捧著他的獎勵從門裡出來，接著門便消失了。

我惋惜地望著消失的大門，然而現在我更好奇玩家拿了什麼獎勵。會是龍脊刃嗎？雖然我是文學系NPC不需要武器，但那可是絕無僅有的神仙古董啊！龍脊刃在傳說神級武器中排行第一，至今似乎不曾在遊戲中出現過，是眞正的傳說。

據說龍脊刃是以遊戲的始祖魔王「龍神」的骸骨製成，無所不能斬、無所攻不破，不僅如此，眞正為人稱奇的是，它甚至能劃破時空，製造空間縫隙，穿越古今……不過因爲從沒有人見過，傳說如今依舊是傳說。

假如不是龍脊刃的話，難道是鑑未明珠？

鑑未明珠是玩家們最想得到的傳說級寶物，整個遊戲世界只有兩顆。在NPC大陸初始的混亂時期，曾經因這兩顆珠子而發生大規模流血戰爭，當時其中一顆被摧毀，剩下一顆仍未被尋獲。鑑未明珠可以預知未來，不過最廣爲人知的並不是這項功能，而是它的價格。

鑑未明珠是遊戲中價值最高的物品，由於這款遊戲十分擬眞，因此各伺服器聯合舉行的拍賣會也是以眞實世界的貨幣競標，多年前鑑未明珠最高價喊到了整整七百萬元！所以它才會成爲玩家們不惜玩命搶奪也要得到的寶物。

不管選擇的是哪項寶物都絕對稀有，我當然非常想看一看了！

我越想越激動，興沖沖地抱著龍姓玩家的手臂，「你要了什麼獎勵？是不是龍脊刃？或是鑑未明珠？還是……」

話還沒說完，見龍姓玩家盯著我，我乾咳一聲，趕緊鬆手。

糟了，一時太興奮，忘了冰山人設！

我拳頭抵在唇邊，欲蓋彌彰地說：「呵，我只是想知道，世上有什麼寶物能比得上高貴的我。」

我演好了，別客訴我啊！

我隱約聽見笑聲，尚未反應過來，龍姓玩家便把手上的獎勵塞到我懷裡，揉揉我的腦袋，轉身走了。

我低頭一瞧，是日本直送頂級和牛全餐。

我愣了很久，抬頭看他的背影。

我想，如果不是系統會在玩家死亡或破關後將我的記憶歸零，我大概很難忘記，自己遇過一個神祕又特別的玩家，他叫龍總。

話說回來，你又要去哪裡？出口不在那裡啊！

時間還早，競技賽比想像中還要快結束，馬上開始解主線任務也來得及。

我興沖沖地跟上龍總的腳步，要追上兩條大長腿還是很吃力的，我喘個不停，又得在他轉身看過來之前一秒站直，撥弄頭髮，散發出茉莉花香，髮絲隨著微風飄揚，把冰山美人演成楚楚動人，「玩家，我認可你的實力。現在，我需要你幫我，這件事只有你辦得到，其他人不像你，肯定能耐不夠……」

我戲演得很足，什麼都不能阻止我接續主線任務。

龍總總算賞臉停下腳步，賜予我一個探究的眼神，示意我繼續說。

終於啊！我終於能說出主線任務了！

我梨花帶淚，準備好最後一擊，帶著香氣撲進他懷裡。

俗話說得好，有容奶大沒煩惱，我雖沒有奶，但有足夠的容顏，即使目前我手裡還捧著日本和牛拼盤，不過這點小事就別在意了。沒人能抵抗美人入懷的誘惑，到時無論我說出什麼任務，玩家自然都願意替我解決。

不出所料，龍總往前一跨，展開的雙手眼看就要撈住我——卻沒想到，他的腳邊突然浮現一個發光的光圈，這一踏正好踩在上面。

接著，龍總整個人瞬間消失。

我撲了個空，沒成功撲進他懷裡，直接趴倒在地。

別叫我，我不想起來，我想一睡不醒。

他踩到的光圈我十分熟悉，那是遊戲隨機出現給玩家的存檔點，顧名思義，玩家只要踩在上頭就能自動存檔，同時退出遊戲世界。

並且系統還有個自帶的機制，玩家一旦退出遊戲，就算馬上再作登入，遊戲世界的時間仍已經過了數小時——不管玩家何時登出，再次登入時遊戲中的時間都統一會在早上九點，這是爲了保障NPC的下班時間不受玩家的登入時間干擾。

也就是說，玩家一退出，NPC當天的工作便提早結束，明早九點才需再回到遊戲場景。

一般而言，我們都巴不得玩家早點退出遊戲好能提早下班，但是現在才中午十二點，而且我什麼任務都還沒開始解啊啊啊！玩家你回來！

這天晚上，競技場上空白煙徐徐，由堅硬岩石打造而成的賽場上，架設著一個又一個烤肉架。

「老蜈，你那邊生完火沒？」

「吼！競技場就是好用啦，周圍都是觀眾席吼，剛好擋風啦，那個火苗一下子就點起來了！」

「魚哥！幫我拿一下甜不辣！」

場中央鬧哄哄的，所有競技場的NPC齊聚一堂，包括那五十名後來復活的魔王。他們喝著啤酒，嘴上半開玩笑地說：「嚇死老子了，還以爲會變成肉醬！快點吃肉壓壓驚！」

「是啊，我看到那玩家把黑色軍團的人插上竹筷時，突然好想吃烤肉串。」

「眞的、眞的，我也在想今晚就吃烤肉了！」

我聽著他們說，不由得點頭認同。

一百多人的烤肉場，我們開了二十幾爐，熱鬧得跟校外教學一樣。

有人捧著果汁走過來，一邊幫我倒滿，一邊驚訝道：「北北，你那是和牛？眞少見啊！那不是外面世界的東西嗎？」

我點點頭。

「難怪他們給你自己開了一爐，瞧你吃得都說不出話了。」他拍拍我的肩，笑著去別爐湊熱鬧了。

他們知道外來的和牛相當罕見，所以沒打算跟我搶，而且競技場的NPC錢多資源多，食材應有盡有，也是怎麼頂級怎麼來。

我旁邊的工作人員NPC們揮著筷子吆喝：「北北！要不要吃天國龍蝦？我們要烤龍蝦了！」

我聞言一頓，最後還是搖頭，專注地烤著面前的和牛。

他們見狀失笑，「眞有那麼美味嗎？」

我邊鼓著腮幫子咀嚼邊點頭。

即使我失去了很多記憶，但我想，這絕對是我生命裡吃過最美味的東西。

# 第四章　就算是煮久的胖湯圓也很好吃。

隔天早上，我準時在九點前來到昨天的儲存點，等待玩家進場。

先前提過，遊戲裡的時間計算方式和現實世界不同，無論玩家在現實世界是幾點登入遊戲，進了遊戲都是早上九點整。

大部分時候，玩家從哪裡登出，下次登入就會從哪裡出現。

我等了一會，地面上冒出一圈藍光，龍總的身影慢慢浮現於眼前。

龍總還在讀取進度中，整個人若隱若現，像幽靈似的，由於尚未正式進入遊戲，所以他看不見我，只有我能看見他。

他緊皺著眉，神情帶有一絲煩躁。

我不明白他發生了什麼事，歪了歪頭，想看清他的表情，他的身體漸漸實體化，直到真正進入遊戲，他猛地抬頭，我站得離他很近，頓時被嚇了一跳。而見到我以後，他微微一怔，接著明顯放鬆下來，表情恢復往常的淡漠。

我正想開口詢問，龍總忽然把手裡的紙袋塞進我懷裡。

我茫然地抱著紙袋，摸起來熱騰騰的，拆開一瞧，裡頭冒出霧氣，餐盒裡裝著一個鬆軟的白色圓形麵包。

難道……這就是傳說中來自現實世界的鮮肉包子？

我瞬間被喜悅沖昏腦袋，雙眼發亮。

雖然遊戲世界的食物是仿照現實世界製成，種類相差無幾，但這裡的食物大多冷硬，我聽其他玩家說過，嚐起來的味道就像他們世界的冷凍食品，所以我一直十分嚮往現實世界的食物。不僅鮮甜味美，還有著遊戲世界少見的剛出爐的香氣。

我珍惜地捧著吸了幾口香味，趕緊從背包裡拿出保鮮盒，小心翼翼地把還熱著的包子放進盒裡，仔細扣上，最後放回背包，心滿意足地嘆了口氣。

這個背包對我而言比命還珍貴，所有家當都在裡面——裡面裝滿了各式各樣我捨不得吃的稀有美食。

一般而言我都會隨身攜帶小糖，這是我給背包取的名字。但這次情況特殊，帶領的玩家表現如何攸關我的性命，我不敢太明目張膽，所以今天才帶出來。

從龍總昨天給我和牛拼盤，今天還給我帶鮮肉包子就看得出來，他肯定是個善解人意的好人，他如此溫柔體貼，應該不會介意我帶著小糖吧？

見我把肉包子放進背包，龍總微微挑眉。接收到他疑惑的目光，我拍了拍背包，滿面潮紅，熱情地介紹：「這個是小糖，糖果的糖，是我的寶貝！零食美食裝裡面，環保衛生不浪費！」

我對自己給小糖想的口號十分滿意，正噴著氣等待讚美時，卻發現面前的人臉色不對。

龍總整個人愣住了，面對一百個高階魔王和黑色軍團都不曾動搖的人，此時卻徹底僵住。

我不解地歪了歪頭，接著大驚失色。不對，完了啊啊啊！說好的冰山美人人設呢？一個冰山美人是不可能隨身帶著保鮮盒的吧！

我臉色一陣青一陣白，回想起自己剛才歡快的語氣、燦爛的笑容，以及興奮的發言……我瞬間板起臉，無比嚴肅地說：「那個，你見過松鼠嗎？其實我們NPC的習性就和松鼠一樣，會定期儲糧，這是NPC的本性，不管什麼性格的人都會這樣。」

對不起，把全體NPC拖下水了！

我沒聽見對方的回答，正惴惴不安時，眼前晃過一道白影，一個肉包子被塞到我的嘴裡，「唔！唔？」

我的雙眼頓時一亮，隨即目光迅速變得冰冷。

好險、好險，差點又要破功，怎麼還有一個包子呀！這種誘惑我怎麼扛得住！

龍總的表情恢復如常，捏了把我被塞得圓滾滾的臉頰，「松鼠？誰說的？你是煮太久的胖湯圓。」

煮太久的胖湯圓什麼的，聽起來很好吃啊……

見龍總臉色沒有不對，我暗自鬆了口氣，看來已經度過難關。

龍總問：「下個任務？」

我吃著香噴噴的包子，很快半個下肚，思緒也跟著飄飄然，含糊地說：「主線任務……去教堂，找我失散多年的哥哥的線索……」

龍總挑眉，看我雙眼幾乎瞇起，他手指頂了頂我的腦袋，「不會是要睡著了？」

我忍不住靠到他身上，昏昏沉沉，腳步倒是不忘指引他往教堂的方向走。

「吃飽睡睡飽吃。」他的聲音像是隔著水，聽起來很遙遠，嘴上嘲弄，語氣卻有些親暱，還有些熟悉，讓我特別安心。

接著，我的背上忽然一輕，背包被拎了起來，我倏地睜開眼。

誰都不可以碰我的小糖！

我瞠大眼轉身盯著龍總抓著小糖的手，想搶回來又不敢太直接，畢竟他可是剛給過我包子的恩人，於情於理也該輪到我給報償了。可是小糖……

我的眼神飄忽不定，「你、你你餓了嗎？我請你吃東西好不好？你看！那邊有冰棒攤販！」

說完，我不等他回答就搶過小糖，跑去買了兩根汽水口味的冰棒，又匆匆跑回來，滿心歡喜地把一根遞給他。

這樣就不用跟我搶小糖了吧！

龍總凝視著我充滿笑意的眼睛，眉心微微鬆開，接過了冰棒。

見他被我收買，我懸著的心放下，大口吃起冰棒。我的注意力全被眼前甜甜的冰棒吸引了，甚至沒意識到背上又悄悄變輕，有人替我提著沉重的背包，走起路來輕盈自在……

等等，不對，我在做什麼？我現在可不是林北北，而是冰山美人啊啊啊！顧著吃冰棒是哪門子的冰山美人！可惡，我是怎麼了？居然屢屢違背NPC職業守則，我從來沒有這麼不負責任過。在這個玩家面前，我總是不小心太過放鬆，就像在老朋友面前一樣……

既然已經意識到這點，我得立刻補救。

我乾咳一聲，雙手抱胸，微抬起下巴，眼神睥睨，「區區一根冰棒，竟然敢凍傷本宮的手指！放肆！我得立刻解決它。」

身為一個專業的演員NPC，就算不知道自己在說什麼也要演到底！

龍總沒作聲，只是取走我手裡的冰棒。我眼巴巴地瞧著冰棒脫離我的手心，又不敢去搶，畢竟冰山美人絕對不會跟人搶糖吃……

龍總握著冰棒棍，忽然又把冰棒遞到我眼前。

咦？我不明白地仰頭。

龍總說：「不是手冰嗎？我拿著。」

既然食物就在眼前，我也不是會欲拒還迎的矯情之人，當然二話不說張口咬下，可惜冰棒融得太快，有些滴到了他的手指上。

不可能浪費食物的我，自然是趕緊順著流下的糖水，舌尖往上一勾，掃過龍總的手指。

龍總渾身一僵，定定注視著我。

我一面舔，一面不明所以地抬眼看他。

龍總默默轉頭，沒有挪開手，也沒有再看我。

我細細品嚐完冰棒，連木棍也不忘含進嘴裡吸一吸，半點糖水都沒剩。冰棒的壞處就是吃得特別快，我戀戀不捨地回頭望攤販。

龍總大概是手痠，不能忍受再拿第二根冰棒，他扯了扯我的背包，語氣不若以往平靜，「走了，胖湯圓。」

別再說了，說得我都想吃湯圓了。

我踉蹌著匆忙跟上他的腳步，同時疑惑地捏了捏臉。

我哪裡像胖湯圓了？難道是臉太圓？可是我這人設是美術帝畫的，應該是標準的冰山美人瓜子臉才對呀……

很久以後我才明白，什麼是煮久的胖湯圓——

露餡了。

教堂位在城鎮中心，無論從哪個方向前往都只要五分鐘，很快我們便來到第一個主線任務的關卡入口，教堂大門。

當龍總站到教堂門口時，深褐色大門自動打開，裡頭傳來信徒們溫情的禱告聲和天使般的悅耳歌聲。教皇走出來，笑咪咪地問我們：「感謝光明主，歡迎你們的到來。玩家龍總，兩位是來締結婚約的嗎？」

是的，這個該死的搞GAY遊戲，有玩家可以迎娶NPC的設定。

這算是遊戲給玩家的福利，我領教過許多次，早已知道該如何回覆。我頭一撇，哼一聲，故作高傲地說：「他？我怎麼可能和他結婚？」

教皇眼尾布滿笑紋，不疾不徐地說明：「兩位結婚的話，將會獲得光明主的祝福，執子之手，廝守到老，無生離，亦無死別，神永遠守護您。」

這些話當然是說給玩家聽的。

意思就是告訴玩家，結婚等於綁定該名NPC，不會由他人替換。

一般而言我們是輪班制，玩家如果死亡或者刪除紀錄重玩，負責陪同遊玩的演員NPC就會更換。

當然，NPC的性格也會有所變化，依據每個演員各自的設定而定，像我是冰山美人系，其他還有軟萌天使系、陽光忠犬系等等，搭配的劇情同樣會稍作改變，不過主線關卡內容維持不變。

如果玩家和某個演員NPC結了婚，那麼不論玩家是死亡或刪除紀錄，只要他再次來到這個伺服器大陸，該演員NPC就是他一輩子的服務員——

誰願意啊！

龍總開口：「結。」

呵呵，沒關係，說要和我結婚的玩家可以從教堂排到海岸邊，我早就想好應對方案了！

我由上而下掃視他，纖長的睫毛搧了搧，語氣輕蔑：「結婚得花費十萬鑽石，就憑你，有錢？」

沒錯，由於是終身綁定，結婚費用非常昂貴，十萬鑽石在遊戲世界幾乎可以買下整個商店販售的武器，以現實貨幣計算大約是一萬元左右。

一般不會有玩家願意一擲千金，只爲了跟NPC虛擬結婚。

龍總回答：「有。」

……沒事，也不是沒有這種「錢多到沒處花還不如直接給我」的玩家，別小看冰山美人的力量，我還有別招！

我眉毛一挑，笑得特別高冷。

「你以爲像我這樣的人，這麼容易嫁？別說夠不夠資格，連個像樣的求婚都沒有，憑什麼認爲我會同意？」

結婚必須雙方皆同意，雖然公司明言要以客戶意願爲主，但我們NPC只要有拒絕的理由，都不算違規。

哼哼，我可是很清楚你們現實世界的習俗，求婚一定要有一項叫做「戒指」的東西！偏偏遊戲裡沒有戒指，連在商城都買不到！而結婚的機會只有這次，離開教堂這個關卡就沒了。

哼哈哈哈，這下沒轍了吧？

只見龍總從外套裡拿出手機，按了幾下後，皺著眉刪了幾個字，又按了一下。

遊戲中玩家擁有的手機就是控制中心，可以調整遊玩設定，也能用來聯繫好友，以及在遊戲商城購買物品。

他該不會是想在商城找戒指吧？我很確定，找不到的！

龍總最後再按了幾下，臉色毫無波瀾地收起手機。

正當我得意著他果然沒買到東西時，周圍突然奏起歡樂的配樂，四面八方傳來喇叭聲，響徹廣場和街道巷弄——

「號外、號外，玩家龍總對NPC北北發送世界頻道公告！內容如下：嫁給我，我想每天填滿你的背包。」

……我的老天，我沒想到居然還有這招！在世界頻道昭告天下，這下整個伺服器大陸都曉得玩家向我求婚啦！

我耳根發熱，震驚地看著龍總。

這人面無表情，到底知不知道自己在幹什麼啊！話說回來，你也太投入這個搞GAY遊戲了吧！

路上的行人NPC們全都投來目光，他們先是滿臉驚訝，接著紛紛露出燦爛的笑容，不知是誰先吹了口哨，四周開始響起接連不斷的掌聲，以及同步率十足的鼓吹聲：「答應他！答應他！答應他！」

我抿起嘴唇，壓抑住了表情，卻止不住滿臉燒紅。

龍總依舊淡然，用有如問今天晚餐要吃什麼的語氣詢問我：「不行嗎？」

當然不行！

「爲什麼？」

「那還用問？我、我們才第二次見面，我可不是這樣沒矜持的人！」

「要不是教堂是第一個關卡，我不會急著向你求婚。」

龍總說完，轉身對教皇道：「給一點私人空間。」接著便拉著我走進教堂旁邊的暗巷，隔絕了所有熱切的關注目光。

我著急地說：「你想幹什麼？」

龍總一手撐著我耳邊的牆，俯下身問：「你在顧慮什麼？」

我沒說話。

「每天免費供餐，對你而言應該是極大的吸引力，但你完全沒考慮，代表有其他原因讓你不肯締結婚姻關係。」

我沒料到看起來冷淡的龍總竟然會說這麼多話，更沒料到他彷彿會讀心似的，把我的想法抓得奇準。

龍總搖頭，「理由不是因爲認識不久，這是第一關，第一天就和玩家結婚對你們來說應該習以爲常。所以，你在意什麼？」

「我……」

他說對了，這並不是理由，眞正的理由是，我們NPC有個不成文的默契——不能與玩家走得太近。

若是結爲連理，NPC和該名玩家此後將會長久共處，時間一長自然會產生情感，這對NPC來說是很大的風險。曾經就有與玩家從甚過密的NPC付出了慘痛代價，以至於後來所有NPC都不敢忘記前車之鑑。

這些話我無法告訴龍總，畢竟我只是一個NPC，不能談工作以外的事情。

我挑了挑眉，雙手抱胸，不可一世地表示：「能有什麼原因？就是我不想嫁給你。」

「好。」龍總答。

這麼容易？

龍總垂眸，擺弄手機，我看他的螢幕又再次顯示世界頻道對話框。

「等等！你想做什麼？」我趕緊按住他。

別讓我丟臉丟到全世界！玩家隨時可以拍拍屁股離開遊戲，但我得住在這裡一輩子啊！我還要面子的！

龍總輕描淡寫地說：「只是問，我看上的人不肯跟我結婚，該怎麼做？」

……別把世界頻道當成知識家好嗎？

我無奈地問：「你堅持跟我結婚的理由是什麼？」

「收集獎盃。」

「咦？」

「跟NPC結婚，也能取得獎盃。」

我恍然大悟。

這個遊戲的確有許多亂七八糟的成就獎盃，只要達成特定條件就能拿到。但由於遊戲地圖太廣大，自由度太高，獎盃數量比NPC法律寶典還多，一般人根本湊不齊，雖然偶爾也會有這種想挑戰極限的玩家。

我陷入猶豫。

假如他不是對我懷有特殊情感，並打算糾纏不清的話，那結婚就不成問題了，他應該很快就會去挑戰達成其他伺服器大陸的成就，不會經常回到這裡。

龍總不催促我，靜靜等我考慮。

我想了想，現在只剩一個問題。

「最後問你一件事。」

龍總示意我說下去。

「你說要填滿小糖是眞的嗎？」

這很重要，婚前協議不能少，聽其他NPC說，之前有個剛離婚的女玩家抓著他不停強調：「千萬要做好婚前協議，等結婚以後，男人就會變成不同嘴臉！」

雖然我不明白爲什麼現實世界的男人可以變臉，我們遊戲世界的NPC可都是同一張臉，想變胖變瘦都不行，可以變臉想必眞的是非常嚴重了。

龍總說：「我保證。」

不確定是不是我的錯覺，總覺得他從剛才就相當冷硬的語氣，似乎變得溫和了些。

我們返回教堂門口，得知我們已經達成協議，教皇露出和藹的笑容，雙手交握，說著感謝光明主的恩賜，又一對有情人終成眷屬。

教皇抬手引領我們步入教堂，接下來只需要簡單走完結婚儀式，就能成爲正式伴侶。

我和龍總越過門檻，在踏進教堂的瞬間，我悄悄往右跨了一步。

「砰！」

大門發出劇烈的關閉聲，下一秒，四周的拱形窗戶接連關上，鐵窗同時拉下，室內頓時陷入黑暗，沒有一絲陽光，只剩祭壇上的燭火徐徐搖晃。

在教堂全面封閉的那一刻，溫馨洋溢的禱告聲戛然而止，所有背對我們的信徒全部轉過頭來，都長著一模一樣的臉。

第一個關卡開始——逃離禁閉教堂。

面容慈祥和善的教皇變了表情，布滿皺紋的唇角揚起詭譎的笑容，沙啞地說起遊戲規則：「歡迎蒞臨本孤兒院，你是來調查失蹤孩童的吧？一個小時之內，若是你能活著離開這裡，或許，我會給你意想不到的線索……」

我躲在陰暗處，掏了掏小糖，掏出一罐草莓調味乳，淡定地一邊吸著牛奶一邊點頭。

反正玩家現在肯定沒空注意我，此時不吃更待何時！

關卡的設定是這樣的，這間教堂同時也是一所孤兒院，教皇——也就是孤兒院院長——收留了許多無父無母、流落街頭的孩子。但事實上，院長是個瘋子，專門販賣兒童，聽話的孩子都被賣給貴族當作奴隸或孌童，而不聽話的孩子便直接被當場殺害。

劇情中的我和哥哥正是在這間孤兒院長大，我被賣給了反派BOSS，長大後成爲BOSS的屬下，哥哥則是不知去向。

眼下玩家來到教堂調查，教皇發現自身祕密可能曝光，於是決定殺玩家滅口，玩家的任務當然就是必須躲過教堂所有人的追殺。

至於我，再過幾秒就會被鐵籠關住，隨即送往地下室的某間密室，玩家必須在一小時內避過各種陷阱以及怪物的獵捕，並且把我從地下牢籠救出，才算完成任務。

身爲一個被關了不下百次的專業戶，我一點也不緊張，甚至還有些期待。

在等待玩家的期間，那個密室裡可是準備了滿滿的仿英式甜點豪華全餐啊！一小時免費下午茶吃到飽，NPC專屬福利！

「喀。」頭頂上方傳來金屬轉動的聲音。

來了、來了！

我滿心期待鐵籠砸下來，還不忘演出一臉驚訝——

「鏗瑯！」

鐵籠果真砸下，但沒有困住我，反而困住了我旁邊的龍總。

……關錯人了啊啊啊！

被關進鐵籠的龍總微微皺眉，雙手仍插在褲兜，沒有動作。

我張大嘴，不用演便已足夠震驚，活生生就是個演技派。

把玩家關起來要怎麼破關！快放他出來，我的仿英式下午茶全餐可不能讓給別人！

教皇走到我面前，緩緩道出原本該是對玩家說的臺詞：「從現在開始從一數到一百，請逃離獵捕，限時一小時，願光明主保佑你。」

我一頭霧水。

教皇你昨晚喝多了？怎麼會變成NPC來破關？這肯定被客訴的啊！

我著急地瞧了瞧若無其事的教皇，又看向龍總，龍總正仰頭觀察鐵籠，沒注意到這邊。

我趁機拉住教皇，壓低音量問：「你怎麼把玩家關起來了？劇本不是這樣演啊！」

教皇微微一笑，「長官有令，不能把這位玩家放出來，否則十分鐘內他就會解決關卡。」

還有這種操作？玩家太強，所以自動提升難度？

我搖頭，「他破關是快了點，但玩得好是他的本事啊，哪有不准玩家破關的道理？」

教皇笑而不語。

我無奈，「而且把他關一小時我還不被客訴？」

「沒說要關他一小時。」

正當我困惑的時候，教皇一個彈指，上方突然砸下巨大的鐵球，將鐵籠砸了個粉碎。

龍總還在裡面！

我瞠大眼，怒喊道：「你幹什麼？玩家還在裡面啊！」

隨著我的憤怒，地板劇烈震動，裂出一道溝，我站得很穩，當下對周遭異變絲毫未覺。鐵球慢慢滾開，被砸碎的大理石磚上只剩下一身破破爛爛的連帽外套，玩家失去蹤影。

玩家一旦在遊戲中死亡，就會被強制遣返現實世界。

即使龍總再次登入，對我而言也要等到明天九點才會見到他。

但這不是最引人憤怒的事，更重要的是，玩家一旦死亡，再次登入時，關卡就會重新來過，紀錄從頭開始，與主線相關的NPC也將失去所有關於該玩家的記憶。

也就是說，再過十幾個小時，我就會徹底忘記龍總。

所以我生氣了。

雖然才認識龍總沒多久，但我無法解釋這股打從心底升起的怒火，以及難以控制的顫抖是怎麼回事，彷彿在我的潛意識裡他是個非常重要的人，誰都不能傷害他。

我用力拍了一下旁邊的長椅，從我手邊一路到前方數十排的椅子全部崩塌，原本坐在上頭的信徒們整排灰飛煙滅。

「你已經嚴重失職，你沒有權力攻擊玩家，甚至讓玩家死亡，教皇NPC！」我握緊雙拳，義正辭嚴地說。

「嘻嘻嘻……」教皇卻笑了。

「你看我看起來像教皇嗎？」

教皇的笑容扭曲，眼皮如蠟油般慢慢滴了下來，鼻子開始融化……

我一愣。

今天天氣有這麼熱嗎？我的小糖裡面還有很多特別口味的巧克力啊！

見我一臉驚慌低頭翻看背包，教皇得意地道：「怕了嗎？看我呀，快看看我的臉呀。」

教皇的聲音從原本的蒼老變得異常尖細，我怔然抬頭，發現教皇的臉部融化後，露出了另一張臉，白臉紅唇，好像是一名女性。還來不及瞧清楚，她的背後便多了一道人影。

背後那人比她還要高出兩顆頭，看起來就像居高臨下睨著她，而她渾然未覺。

我震驚得發不出聲音。

假扮教皇的女人見我神情驚詫，笑開了紅唇，一張豔麗的容貌卻長著蜘蛛般的嘴鉗，「我是黑色軍團的千臉女郎，今天奉命來掃除頂尖玩家以及徵收新成員，如果你不加入，就得死喔。」

她說的話我聽得懵懵懂懂，只是一直盯著她的背後。她似乎還沒察覺背後站了一個人，滔滔不絕地道：「我們的計畫是建造一個屬於NPC的帝國，所有玩家都是我們的奴隸……」

呃，妳要不要先看一下背後？還有別隨便把計畫都講出來啊！

「哎呀，怎麼露出一臉害怕的表情？呵，加入我們就沒事了，如果拒絕的話……別擔心，小美人，你長得這麼可愛，姊姊會把你從頭到腳吃得一乾二淨，連指頭都不剩。」

咦？原來我可以吃嗎？不對，那不是現在的重點，妳快看後面！好可怕的殺氣啊！

她身後那人終於沉聲開口：「想帶他走，經過我同意了嗎？」

千臉女郎大驚失色，她迅速跳開轉身一瞧，頓時驚駭地睜大圓眼，濃密的睫毛像撲騰而起的巨浪，「你怎麼沒死？」

對、對，妳終於知道我在驚訝什麼了。

龍總沒有回答，身影一閃，瞬間出現在我身邊。

我赫然明白，在競技場的時候他也曾轉眼從場內來到觀眾席，再加上這次閃過鐵球沒被砸中，原來靠的是瞬間移動！

這個實境遊戲幾乎百分之百模擬真實，所以玩家要擁有超能力相當困難，除了需要頂尖的技術，還得達成最高等級的歷練，可以說是習得超能力就能打遍天下無敵手，又或者說是打遍天下無敵手才能習得超能力，總而言之就是不知先有蛋才有雞，還是先有雞才有蛋的概念。

我從沒見識過超能力，只聽說過傳聞有幾位元老級玩家習得，龍總到底是何方神聖……

千臉女郎終於反應過來，奇怪的是，她發現玩家擁有超能力後竟不是害怕。她非但不擔心被擊敗，甚至詭異地狂喜，聲音都拔高了幾階，「你竟然有超能力？原來如此！陰兵盔甲說的沒錯，果眞來了一個強者，嘻嘻嘻……」

見她欣喜若狂，我想，她恐怕還有後招。

果不其然，千臉女郎話鋒一轉，「只可惜啊，你遇上的是我們，黑色軍團，掌握了系統BUG的最強軍團！玩家，你將被我們吸收，成爲我們最美味的餌食！」

「黑色軍團……」龍總低聲複述一遍。

從他嘴裡說出來，就像在點名，「天涼了，黑色軍團該破產了」，大概是這種感覺。

但現在的我無心開玩笑，眉頭一蹙，想起了一件事。

黑色軍團最爲人恐懼的一點，正是據說他們掌握了BUG，能夠打破系統給予NPC的限制，使用足以撼動天地的超能力……不過話說回來，妳把你們軍團的機密直接講出來沒關係嗎？從剛才到現在，妳到底洩漏多少你們的計畫了？

千臉女郎忽然看向我，「小美人，你也知道這個BUG，對吧？」

我點點頭。

誰不知道黑色軍團的事蹟？早就傳開啦！幾年前我跟消息最靈通的老王去居酒屋，他就在大肆宣揚，把黑色軍團在各個伺服器大陸鬧的大事說得很精彩。

千臉女郎咧開紅唇，「我就知道，其實……你也是我們的一員，對吧？你早就得知了這個BUG，並且已經擁有了吧？」

等等，這段臺詞跟我想的不一樣。

「怪不得我剛才刺激你的時候，會發生地震……」

妳別擅自腦補啊，什麼時候有地震了？我根本沒感覺到！

龍總的視線掃過來，和往常一樣淡然，卻莫名令我如坐針氈。

我正想對千臉女郎說少胡說八道了，沒想到她的下一句話，才是眞正的震撼彈：

「說吧，你殺了幾個玩家，才得到這個BUG？」

什麼？

她說的每個字我都聽得懂，怎麼湊在一起就聽不懂了？

千臉女郎呵呵笑，「別裝了，瞧你一副心機婊的模樣，我就明白你是同類。」

長相是美術帝決定的好嗎？而且我的人設本來就是反派啊！

千臉女郎看向龍總，勾起狡猾的笑，「看在你長得帥，還完美符合我喜好的分上，偷偷告訴你吧……」她湊近龍總，豔紅色的指甲輕搔過他稜角分明的側臉，嗓音沙啞而誘惑，「所謂的系統BUG就是，只要殺了玩家，就能奪取玩家在遊戲裡的身分，使NPC觸及原本達不到的境界，獲得超乎想像的能力……所以，別太相信他了。」

龍總無動於衷，金眸冷冷地往下瞟向地面。

我瞧著這一幕，不禁心想，想不到有一天我能在這個搞GAY遊戲裡看見女人誘惑玩家。

正當我像個看戲的局外人一般感慨時，忽然聞到千臉女郎身上散發出一抹極香的氣味。

我恍惚一瞬，倏地雙腿發軟、滿臉潮紅，這才驚覺已經中了招。

這味道我很熟悉，是媚藥！

我差點忘了，千臉女郎的種族是黑寡婦，她們天生就擅長誘惑敵人，擁有的魅惑技能比我這個廁所芳香劑還高等，號稱行走型春藥。

由於這個遊戲是老少咸宜的普遍級，所以她們散發的只是媚藥等級的香味，簡言之，敵人聞到的會是當下最渴望的味道。

因此，此時我滿鼻子都是三層鮮奶油草莓蛋糕的香味！

不要問我爲什麼能用聞的聞出三層，因爲我現在很想吃！

我被香味吸引得暈頭轉向，甚至沒發現自己在什麼時候被蜘蛛絲纏成一個蛹，千臉女郎把我拖了過去，我一路滾到她腳邊。

千臉女郎嫌棄地瞥了眼癱軟在地上的我，「把你帶回巢穴，就能跟團長交差了吧？」

我全身乏力，那個味道不只是香，還會根據渴望的強度加重身體的負擔。絕大多數人都會手腳發麻，站都站不穩，加上我被捆住了，根本無法掙扎。

我艱難地轉頭看龍總，他竟然也按著腦袋，微微皺眉，靠著牆低頭微喘。

我第一次見他中招，甚至如此受動搖，難道這回真的完了？

如果我們被帶回黑色軍團的巢穴會發生什麼事？那裡每個NPC都不好惹，我們……能夠活下來嗎？

千臉女郎很清楚中了媚藥的人短時間內無法反抗，她拖著我走向靠著牆的龍總，放肆地勾了勾龍總的下巴，惋惜地道：「玩家，我對你很感興趣，要是能慢慢地獨自享用就好了……可惜團長要我把你帶回去，一旦你進入我們的巢穴，大概馬上就會被其他人被生吞活剝吧。」

龍總垂著頭，儘管如此，他的語氣依舊冷酷且充滿魄力：「你們的巢穴，在哪裡？」

他是不是在想逃走的方法？不錯，這個千臉女郎最會把計畫都講出來了，肯定會告訴他！

千臉女郎搖了搖頭，「你以爲我們還有門牌號碼？玩家。」

……說的也是，這種黑色組織的巢穴絕對不會有地址。

龍總點頭，「那下去吧。」

去哪裡？

我抬起頭，只聽見「喀哆」一聲，千臉女郎雙眼瞠大，人頭落地。我還來不及叫出來，她的軀體已經隨風而逝，消失無蹤。

龍總站在千臉女郎原本所在的位置，垂首擦拭手裡的短刀。

我愣了幾秒才反應過來——又一個黑色軍團的成員被他秒殺了？

不對，他明明有秒殺敵人的實力，爲什麼要拖到現在才動手？這麼說來上次也是，黑暗陰兵盔甲都攻擊了他才出手……爲什麼？

龍總似乎看出我眼裡的探究，不自然地撇開臉，手指掃了掃臉頰，像在拍髒東西，「別多想，留著她，只是爲了知道更多，也並非不救你。」

他……是在向我解釋嗎？

我更加茫然。

龍總朝我蹲了下來，我不明白他怎麼這麼快就恢復了。剛才不是還一副狼狽的樣子嗎？這也復原得太快了，我到現在連一根手指頭都動不了呢。

就在我懷疑難道他只是爲了讓敵人放鬆戒心才假裝中招時，龍總靠近我，拿刀想劃開蛹，卻突然難受地哼出聲，直直往我身上倒。

我嚇了一跳，在蛹中拚命撲騰想掙脫，以確認他的情況，無奈蜘蛛絲纏得太緊，我只能焦急地原地滾動。

龍總伏在我身上喘氣，灼熱的氣息吐在我的頸部，整個耳根都紅了，彷彿發著高燒。

他忍了一會，難耐地說：「你聞見……什麼味道？」

我微喘著答：「三……三層鮮奶油草莓蛋糕……」

龍總一頓，慢慢地抬頭看我。

他金色的雙眸布滿猩紅，渙散的眼神不減銳利，盯住我動也不動。

我愣了下，忽然有種不妙的、非常不妙的預感。

我曾帶過不少玩家，雖然系統會刪除我與闖關成功的玩家之間的記憶，但對於那些還未闖關成功、也沒有死亡的玩家，我的記憶仍留存著。

在我的記憶中，不只一次見過玩家對我露出這種眼神，大多數人都稱這種眼神為——發情。

看起來一本正經的龍總該不會對我有那方面的意思吧？

我滿心震驚，而龍總一字一頓地說：「林北北，我聞見的，是你的味道。」

……完了，真的，又有玩家愛上我了。而且這次是我認定專門給糧，要好好伺候的主子，怎麼辦？

正當我糾結時，龍總又說：「我找你很久了。」

嗯？什麼意思？所以他的「渴望」不是愛上我，而是渴望見到我？

龍總的目光失去焦距，直盯著地板，「明明是你纏上我，竟然自己先跑掉，我絕不允許……」

中了媚藥的他話眞多，還有人類的言情小說我看過，那個霸道總裁都是這麼說的，他是不是書看太多了？

我聽他胡言亂語，忍不住脫口吐槽：「我這個反派NPC的職責本來就是要纏上你然後跑掉啊。」

龍總忽然不喘了。

空氣驀地安靜。

……完了，眞的完了，我居然不小心犯了NPC最嚴重的大忌，劇透。

我想死的心都有了。

龍總一個反身把我狠狠按在地上，而我毫不掙扎，像隻翻肚的死魚。沒事，我能理解，被劇透肯定會怒火中燒，打吧，你打我吧。

龍總握緊宰殺過無數魔王的短刀，抵在我的下巴尖，我嚥了口唾沫，刀鋒順著我的下頷、喉結，滑到纏滿蜘蛛絲的胸口。

他用力一劃，我腦中「嗡」的一聲炸開來，緊閉上眼，只聽見一連串「啪、啪、啪」絲線斷裂的聲音。

預想中的劇痛沒有襲來，我的雙眼悄悄睜開一絲縫隙，發現身體安然無恙，白繭破開，我重獲自由。

龍總沒有對我下手，甚至不計前嫌地救了我，他是好人！

正當我欣喜時，刀尖又抵上我的胸口。

「系統漏洞是什麼？把你知道的都說出來。」

他聲線低沉，氣場強大得令人發寒，我有點害怕。

我開始覺得不太對勁，這人似乎不是因爲被劇透而生氣，可是當我抬頭對上他的視線，卻發現他的眸底沒有半點情緒，不再如方才那般熱切滾燙得彷彿注視著摯愛，瞬間失去所有情感，冷靜得像個劊子手。

他對著千臉女郎時，就是這副表情。

我赫然明白，難道，他相信了千臉女郎的胡言亂語，眞的懷疑我是黑色軍團的同夥？

或許是由於龍總的態度落差太大，原以爲對自己有強烈好感的人，突然轉變成對自己恨之入骨的敵人，我不明所以地感到胸口一陣悶痛，難受地吞了吞口水。

我試圖爲自己辯解：「我什麼都不知道！那些BUG什麼的，也只是聽說而已……」

龍總沒理會我的說詞，刀子往下一滑，挑破我胸口的薄紗，在絲帛的碎裂聲中，我明白了他不滿意我的回答。

我的上半身只剩內衫遮擋，裸露的腹部暴露在他眼前，只要一刀就能刺穿。我害怕地瑟瑟發抖，清楚感覺到他的手緩緩往下滑，指尖伴隨冰冷的刀子撫過鎖骨、滑過手臂、摩挲腰窩，如同搜身一般上下摸索，冷酷的質問也隨著動作一步步進逼：「名字？年齡？」

這些問題令我想起自己是一個NPC，絕不能告知玩家遊戲底細的NPC，但此時受他手裡的刀子威脅，我握緊雙拳，不得不屈辱地吐出實話：「林北北，年齡是看系統設定，長相十七，實際上大概二十三。」

我撇開臉，地面似乎正在輕微震動，不過我現在無暇顧及周遭的變化，光是隱忍情緒便已相當拚命。

龍總的刀子頓了下，停在肚臍眼，低聲問：「你有沒有兩年前的記憶？」

兩年前？

難不成我們兩年前認識？

假如認識，有什麼疑問不能好好溝通，非得這樣對我？

我少見地用冰冷至極的語調，不留情面地說：「我不記得你。」

「啪。」龍總割斷了我僅剩一件用來蔽體的內衫。

我面無表情直視著他沉下來的臉色，說道：「我說了我什麼都不知道，已經老實告訴你了，是你不滿意。如果你還要動手，少侮辱人，不如直接一刀刺死我。」

見龍總不說話，我抿起唇，「我是反派沒錯，可我跟那些犯罪者不同，我只是遵守人設，把你帶去終點，讓你玩得盡興。我一直以來都是這麼做的，雖然有時候會犯錯、有時候會不小心露餡，但我很努力去改進、很努力去彌補，我只是一個平凡的NPC，沒什麼雄心壯志，只想好好工作，每天都能吃飽而已……爲什麼你們一個個都要威脅我？」

不知爲何，被唐禿威脅時我並未流露出委屈，如今面對龍總卻一點也忍不住。我板著臉，試圖裝作冷酷，然而癟起的嘴，和多半已經因爲忍住鼻酸而泛紅的鼻尖，怎麼看都像是在逞強。

龍總沉默良久，攏好我的衣服，額頭抵上我的額頭，「是我的錯。」

他又安靜一會，也許是強勢慣了，不懂得怎麼示弱。

思量半天，最後他輕嘆一聲，扶著我坐起，然後按住似乎仍受藥物影響而昏沉的腦袋，直白地說：「抱歉，有一些私人原因，是我沒有嚴查，傷害了你，是我的錯，一直以來，都是我的錯……」

我從龍總的自白裡聽出了強烈的自責，我不清楚他經歷了什麼，不過我能感覺到他抓著我的手不斷顫抖，能讓他如此害怕的過往，不曉得有多可怕。

龍總說：「下次我做不好，你就像今天一樣直接告訴我，嗯？」

我本來就不是有太多情緒的人，被他這麼一說氣早已消了一半，雖然還是氣，必須要一支冰淇淋才會好，如果一支還是不好，那就要兩支。

龍總詢問我的意見：「最後問一個問題，行嗎？」

他換了個口吻，即使語氣還是淡淡的，至少比剛才溫柔多了。

我點點頭。

「一千萬鑽石和三層鮮奶油草莓蛋糕，你選哪一個？」

嗯？

擁有一千萬鑽石就是遊戲中的富翁了！但三層鮮奶油草莓蛋糕眞的非常香，在亞虎伺服器大陸甚至買不到，唯獨古狗伺服器大陸僅有的一家甜點店有販賣……

我左思右想，頓時苦惱起來，不知不覺間，鬱積的煩悶一掃而空。

我猶豫很久，才小心翼翼地問：「一千萬鑽石能買幾個三層鮮奶油草莓蛋糕呀？」

龍總頓了下，接著不知爲何失笑，笑容特別燦爛愉悅，假如我能吃到三層鮮奶油草莓蛋糕，大概就是這副表情。

我不知道龍總在開心什麼，只能愣愣欣賞著他難能可貴的帥氣笑容。他捧起我的臉，又貼上我的額頭，滿足地嘆息，「北北……」

夾帶熱意的吐息弄得我小心臟都酥麻了，龍姓玩家，你眞的不考慮來應徵我們NPC嗎？我覺得你也很適合作芳香劑NPC！

就在這時，「砰」一聲，教堂大門被猛然打開。

一名穿著端莊的老者大步走進來，步伐特別豪邁，像是隨時能唱首嘻哈。他神情誇張，雙手比著倒七手勢，一臉驚魂未定地說：「Oh my sunshine，嚇死老子了！剛才突然有人殺進來砍死老子，好險主線進行期間能復活，yo寶貝信徒們！想我嗎？」

教堂裡一片安靜。

只剩下坍塌的長椅，以及衣衫不整的我和騎在我身上的龍總。

三人無語對視十秒。

教皇驚呼道：「Oh！讓老子看看是哪兩個猴急的NPC，怎麼老子還沒來證婚已經先洞房了！玩家哪去了？」

眞正的教皇就是這副模樣，平常工作時人模人樣，私底下特別豪邁狂放。

我忽視教皇一如既往靠不住的發言，無奈地說：「教皇，這位就是玩家。」

教皇挺拔的身軀一頓，忽然慢慢彎下腰，身形佝僂，眉毛舒展開來，背後彷彿散發著光輝，緩聲道：「感謝光明主，歡迎你們的到來，兩位是來締結婚約的嗎？」

……我覺得現在再演可能已經來不及了。

龍總沒有戳破，拉著我站起身。他向來寡淡，周圍發生再大的事也能視若無睹。

於是從業多年的老油條教皇比他還要若無其事，溫和慈祥地繼續進行流程，替我們主持婚禮。

教皇面向龍總，和藹地道：「恭喜兩位新人結爲連理，現在請玩家自系統頁面選擇捧花，每一束捧花都象徵著花好月圓，祝福您與伴侶花開並蒂。」

這是我第一次和玩家結婚。

比想像中還要隆重嘛，還以爲只是走個形式，互相宣誓幾句就好了呢。

開玩笑說要和我求婚的玩家是不少，但通常聽說需要付出大筆金錢，外加一旦結婚就必須終生綁定，在這個伺服器大陸再也無法遇上其他領隊NPC後，大多數人就不願意了。

畢竟這才第一關，我的角色又是反派，玩家聽完我的冷嘲熱諷多半會選擇放棄，像龍總這樣堅持到底的玩家還是第一個……集滿全成就的誘惑就這麼大嗎?眞不懂他在想什麼。

龍總拿出手機，在頁面上點選幾下，我探頭看畫面，發現有五種花束可以選擇，底下還附上每一種花束所代表的花語。

我正驚嘆地想「這個都是男人的遊戲還搞得這麼浪漫啊」，然後往下一瞧，每束捧花下方都寫著「需耗費100000鑽石」。

……浪漫什麼的，果然只是錯覺。

原來婚禮付款的方式在這裡啊!所以剛才那句祝賀原來是推銷的廣告詞嗎!

龍總宛如沒看見驚人的價格，眉頭皺也不皺，垂眸選起捧花。

我原以爲照他連打BOSS都懶得周旋、一擊必殺的個性，肯定會隨便選一款，沒想到他竟然盯了好幾分鐘，把花語一條條認眞看完了。

我訝然後便頓悟，也是，一把十萬鑽石的花束，肯定不能亂選。

在他點選的瞬間，周圍響起甜蜜而輕快的婚禮交響樂，花瓣鋪天蓋地灑下，漫天紛飛的花雨中掉下一束捧花，我順勢伸手接住，是一束粉色的繡球花。

我歪了歪頭，不明白龍總爲什麼選了這束捧花，剛才好像隱約瞧見繡球花的花語是「愛與忠貞」、「永恆」、「圓滿」之類的?

教皇抬了抬布滿皺紋的眼皮，滿意地點頭。

似乎無論玩家選了哪一束花，他都會表現出這是最正確的選擇的樣子。

畢竟，不管哪一束花都是十萬鑽石。

教皇雙手交扣，娓娓道來：「繡球花開，姻緣不斷。象徵天下眷侶不論經歷多少分別，最終都會重新相聚，死亡也不能將你們分離。」

婚禮十分簡單，最重要的付款橋段已經過去，教皇致詞了一番，典禮即將進入尾聲。

致詞完畢後，教皇說道：「新郎可以親吻新郎了。」

等等，有這個橋段？兩個都新郎是誰親誰？不對，誰親誰我都不要啊！

我欲哭無淚，龍總一臉理所當然地抬起我的臉，毫不懷疑自己是負責親人的那一個。

好好，你是玩家你最大。

我緊閉上眼，睫毛微顫，緊張得雙手握緊，心裡想著，不曉得跟玩家結婚有沒有另發獎金，應該向NPC勞委會爭取……

接著，出乎意料的，鼻尖傳來溫熱的柔軟觸感。

點到爲止的親吻落在鼻尖上。

我茫然地睜眼，龍總已經退開，他用食指刮了下我的鼻子，素來清冷的眸光帶著笑意，促狹道：「不占你便宜。」

原來我的反應很像被占便宜嗎？被你這麼一說感覺我很娘啊，雖然你也很GAY不遑多讓……

# 第五章 我記得你！我記得你的純白色三角褲！

婚禮結束後，教皇和和氣氣地送我們離開，整個過程無比自然，以至於我踏出教堂大門才想起，不對啊，我們不是來結婚的，是來破主線任務的啊啊啊！

雖然中途被黑色軍團攪局，但不管面對的是哪個NPC，這個關卡破關的條件都唯有一個——只要在任務限制的時間內沒被NPC殺死，並在教堂裡頭找到關於我哥哥的線索，就算闖關成功。

簡單來說，玩家在逃離魔物NPC的過程中，會在某處發現記錄著我哥哥離開孤兒院後的去向的檔案夾，一旦拾起檔案夾就會進入遊戲劇情，提早結束關卡。

換言之，就算成功在一小時內躲過魔物NPC的攻擊，沒拿到檔案夾的話，也等於白忙一場。

我扯著龍總想返回教堂，一個輕飄飄的東西卻拍在我頭上。

我摸了摸頭頂，拿下一看，是檔案夾。

我不禁一愣。

他什麼時候拿的？

龍總一副雲淡風輕的模樣，我看得出來，這些關卡對他來說實在太過容易，他才會總是一臉無聊。

我提出困惑許久的疑問：「你眞的是回鍋玩家對吧？」

龍總不語。

每次觸及這個問題，他往往沉默，其實這個問題並不是很難回答，他不肯說是不是有什麼原因？

在教堂裡的時候，他對我說「我找你很久了」，這表示我接待過他，卻毫無記憶。系統會刪去NPC的記憶只有兩個原因，一個是玩家闖關成功，另一個是玩家在過程中死亡。

會令他如此不高興，答案應該不是闖關成功，這麼說來，他曾在遊戲中死亡？而且顯然那不是一段美好的經驗。

我難以想像他這麼強大的玩家也會死亡，畢竟這是一款以休閒娛樂爲主的實境體驗遊戲，由於眞實性太高，假使遊戲太難，容易造成人類精神上的損害。我聽過玩家心有餘悸地說，在遊戲裡死掉就像眞的死過一回，所以爲了避免造成玩家的陰影，遊戲中幾乎不存在死亡關卡，除非自己找死，否則死亡率非常低，最多受點傷或者被迫退出遊戲。

不過仔細想想，雖然龍總現在很厲害，但誰沒菜鳥過呢？說不定他也曾經弱得走在平地都能跌倒呢。

我的腦中浮現龍總平地摔倒的模樣，忍不住偷偷地樂。

龍總瞟了我一眼，「笑我什麼？」

就是笑你！怎麼樣？

在客戶面前當然不能表露出內心眞實的想法，我秉持著尊重友善的精神，否認道：「我沒有笑您。」

龍總捏了下我的鼻子，「說謊精。」

我摀住鼻子瞪他。

這位玩家，你今天是不是很喜歡動我的鼻子！我可是靠臉吃飯的，弄壞你負責嗎？

我拍了拍他的手掌，催促他快點打開檔案夾，即使我早就知道裡頭裝著什麼資料，還是必須由玩家開啟才能進入下一關。

下一關明早九點才會開始，我已經迫不及待想快點破完第一關，早點下班回家吃晚飯了！

龍總正要打開時，面前忽然颳起一陣風，吹得我衣襬飛揚，差點就露內褲了。

我瞇了瞇眼，原以爲只是突如其來的一陣強風，沒想到再次睜眼，龍總手上的檔案夾竟不翼而飛。

定睛一瞧，那名順走檔案夾的男子身影隨狂風呼嘯而過，速度極快，幾乎只見棕色殘影，眨眼間已跑出數百公尺遠。

我徹底愣住。

怎麼會有人搶玩家的道具啊啊啊！要搶也搶錢包啊！

下一秒，龍總身形一閃，轉瞬從我身邊消失，又在下一秒出現在搶奪資料夾的男子面前，男子還沒回神，龍總便取回了資料夾，同時揪住他的後領，人贓俱獲。

局勢在短短三秒內迅速反轉。

我不禁感慨大佬的戰鬥瞬息萬變，到底是誰想不開要針對龍大佬呢？

棕髮男拚命掙扎，發現跑不了才終於放棄，滿臉挫敗，對著蒼天吶喊：「天要亡我啊啊！居然讓我遇上另一個超能力系！」

龍總挑眉看他，「另一個？」

棕髮男沮喪地說：「不是聽說整個遊戲只有不到五個？居然能讓我遇到，到底是走什麼運……」

狗屎運。

龍總問：「你也是？」

棕髮男點頭，「我是風系的。」

龍總也點頭，「嗯。」

換棕髮男問：「所以你呢？」

龍總沒理他。

棕髮男無語。

這一路下來，我總算摸清龍總的性格，他向來旁若無人，能夠和他對話的除了我以外，就是來找碴的反派。

而他願意回話的理由很簡單，有一成是爲了嘲諷，剩下九成是爲了套話。

等他得到自己想要的答案，那麼對方就毫無用處了。

不過，這個棕髮男身上顯然還有不少謎團，所以龍總並沒有立刻處理他。

我由上而下掃視棕髮男的打扮，不禁有些意外。

遊戲裡的小偷一般都長得相當猥瑣，但他不僅眉目俊朗，且穿著打扮十分時尚，額前的劉海還用髮蠟抓亂。在遊戲中，能夠自由打理髮型的NPC少之又少，系統規範我們主線NPC無法隨意改變形象。

我對這個NPC毫無印象，若他只是個路人NPC，外型上的限制的確沒有我們主線NPC來得多。

我問他：「你爲什麼偷文件？」

NPC三大重罪之一就是破壞玩家的遊戲體驗。

棕髮男的行爲明顯違法，情節嚴重甚至有可能被系統刪除，即使沒處死刑，也會在警察NPC那邊留下案底，終生受到監視。因此所有NPC都曉得，誰都能惹，就是不能惹玩家，即使玩家可能身懷鉅款，但爲了一時利益招惹玩家絕對是有弊無利。

棕髮男大喊：「我也是逼不得已啊！」

難道有人威脅他這麼做？該不會又是黑色軍團？

棕髮男接著說：「因爲只有成功破關，我才能離開遊戲啊！」

我無語。

從遊戲創始以來，不是沒有過這種異想天開的NPC，以爲只要跟玩家一樣闖關，最後就能離開遊戲，前往現實世界。

然而這是不可能發生的事。

我們NPC是由數據組成的生命，跟現實世界的人構造截然不同，無法透過傳送點傳送，在系統那關就會被攔下來。

這個小學健康課就學過了，這人小學有畢業嗎？

我正想勸這位NPC多讀點書，別異想天開的時候，棕髮男突然燃起求生意志似的，一把甩開龍總的手，緊緊抓住我的衣襬，「你是主線NPC對嗎？幫幫我！求你幫幫我，帶我破關！我、我也是玩家啊！」

什麼？

我瞠大眼，動彈不得。

不可能，這是系統初始就立下的規定，一個伺服器大陸上絕不可能同時出現兩個玩家。

由於這是追求百分百眞實的虛擬遊戲，伺服器負荷量極大，爲確實追蹤玩家安全，只要有一名玩家登入，整個系統便會關閉通道，所有資源只集中在登入的玩家身上。

小學自然課本就教過這件事，我還記得課本旁邊畫了可愛的插圖，用「通話」來比喻。登入遊戲系統就像打電話一樣，當你接起A玩家打來的電話，在對話的過程中，即使B玩家打電話進來，也無法接通，只會顯示占線中，就是這個道理。

所以兩個玩家同時進入，這是絕對不可能發生的事！

棕髮男似乎是看出我不相信，慌張地解釋：「眞的！是眞的！我眞的是玩家！只是，我不記得自己爲什麼困在這裡了……只知道我昏迷了很久，醒來就發現我的玩家手機不見了，也沒有NPC認得我是誰，甚至……連我自己都只記得一些片段，忘了自己是誰……」

我眉頭一皺，「你不記得自己是誰，怎麼確定自己是玩家？」

「你看看我的名字啊！」棕髮男拚命指著自己的頭頂，他長得高，我仰頭才注意到他頭頂上的小字——「♂挖系葉飄流♂」。

……這個名字，肯定是玩家沒錯。

見鬼了，怎麼會有玩家被困在遊戲裡面？

名字是系統給予的記號，與生俱來，類似嬰兒的胎記，可以說是身分的鐵證。

這讓我不得不相信眼前的棕髮男眞的是玩家，再加上他的長相和打扮，確實一點也不像NPC。

這時，沉默許久的龍總開口：「前因後果說清楚。」

他也信了這人是玩家？

葉飄流感動得痛哭流涕，想巴住龍總的手臂，龍總閃開，直問三個重點：「待多久了？在哪裡醒來？記得哪些？」

葉飄流被問得一愣一愣，抓了抓頭，絞盡腦汁思考：「我……我不清楚自己昏迷了多久，我是前天醒來的，醒來就躺在護城河旁邊……我想可能過了好幾個月吧，你看，現在是夏天對吧？我身上穿的卻還是冬季外套！」

的確，葉飄流的衣著是冬季的款式，假如他是倒在護城河旁，好幾個月都沒被人發現也有可能，因為護城河在橋下，一般不會有NPC下去。

葉飄流苦惱一會，繼續道：「我雖然不記得自己是誰，可是我記得一些其他的事，我記得自己是大學生，這款遊戲非常紅，我好像不只一次進入遊戲，跑了很多地圖，不過也因為這樣，我不確定自己是在哪個關卡出事。更可怕的是，我不是才醒來兩天嗎？有關以前的記憶卻已經越來越模糊，似乎沒多久就會全部忘記一樣……」

我臉色一變，「這麼嚴重？」

葉飄流拚命點頭，「對啊！好可怕啊！」

我本來還能維持冷酷無情的冰山臉，此刻卻忍不住流露憐憫，「真的，這樣看來，你已經好幾個月沒吃飯了。」

「……等等，重點不是失憶嗎？」

我深感同情，決定要幫助這位玩家離開遊戲。

「你別急，如果是玩家的話，只要找回玩家專屬的遙控手機就能離開遊戲。」我邊說邊拿起自己的手機，「我先幫你報警，看看警察NPC有沒有撿到你的手機，就算沒有，核對身分後也能申請遺失補發。」

「等等！」葉飄流阻止了我。

「怎麼了？」

「我試過。」葉飄流忍不住紅了眼眶，「我報過警，他們說查不到我的身分，整個系統名單裡都沒有我的名字。」

怎麼可能？

我頓了頓，這一切太不對勁，簡直就像——

「BUG。」龍總說。

我和龍總對視一眼，明白了對方的意思。

千臉女郎說過，他們發現的系統BUG是只要殺了玩家，就能奪取玩家在遊戲裡的身分，使NPC觸及原本達不到的境界，獲得超乎想像的能力。難道，這個玩家就是被黑色軍團奪取了身分？

這麼說來，確實頗有可能，像葉飄流這種擁有超能力的高階玩家，肯定是他們下手的首要目標。

我對葉飄流說：「你再想想，有沒有見過什麼不對勁的人？」

葉飄流按著腦袋努力思考，一會後突然睜大眼睛，「對了，我想起來了！我口袋裡有一張紙條！醒來就有了，像是有人寫給我的！」

這多半是個重要線索，只見葉飄流從口袋裡掏出皺巴巴的紙條，攤開一看，上頭只有一句「玩家不要」。

……這眞的是寫給你的？你到底做了什麼？

龍總緊緊皺眉，我的背上頓時泛起一陣冷意，就連葉飄流也抖個不停，他搓著手臂，滿臉疑惑地仰頭望天，不明白大熱天爲何渾身發寒。而我明白這股冷氣的來源，就來自我身後那個人。龍總不明所以地沉下臉色，渾身散發殺氣。

我集中精神再仔細打量了一會墨字糊開的紙條，忽然發現一件不太妙的事。

呃……這個字跡，好像是我的？

我福至心靈，趕緊劃清界線，「這個字跡好像是我的啊，但我完全不認識你，也不記得自己有寫過這張紙條！」

葉飄流聽見第一句話，原本笑開了花，聽到最後兩句又迅速枯萎了。他抓住我的手臂，死命搖晃我的身體，「眞的嗎？你眞的不記得我了？你再想想！說不定只是隔太久忘記了！爲什麼沒有半個NPC記得我？」

葉飄流晃著晃著，我原本就被割破的內衫左右敞開，他盯著我白花花的胸口直愣，眼底閃過一抹亮光，瞬間欣喜若狂，「我想起來了！我想起來了！」

他激動地指著我，「我記得你！我眞的見過你！我記得你穿泳裝的畫面，簡直比女人還性感！那時候我都不想離開遊戲了！」

……爲什麼只記得我的泳裝啊？

等一下，泳裝？你該不會就是旗魚王說的那個迷上我穿泳裝的玩家吧？

龍總也問：「泳裝？」

氣溫彷彿又下降了十度。

我渾身僵硬，根本不敢轉頭看龍總的臉，偏偏葉飄流這個不怕死的蠢蛋還沉浸在興奮的遐想中，毫無自覺，「是啊！是純白色的比基尼，而且還是三角褲，露出半截挺翹的小屁股……」

……我開始懷疑那張字條了，這變態是不是眞的對我做過什麼？

龍總一伸手，葉飄流手上的紙條突然起火，燒成灰燼。

「啊！燙、燙！我的紙條！」葉飄流哀號出聲，龍總扯住我的手臂，轉身就走。

葉飄流原地彈起，拔腿在後面追，「喂！等等！別丟下我啊！」

龍總停下腳步，「再一步，你就是那張紙條。」

葉飄流頓時釘在原地，動也不敢動，看著手上焦黑的灰燼。

我出面打圓場，「那個，這件事非同小可，我們還是幫他一下吧。」

龍總面無表情地說：「別管他，讓他失憶。」

我：「……」

龍總走得很快，而葉飄流還是追了上來，不敢跟得太近，也不敢離得太遠。他身爲風系超能力者，速度已經夠快，只是面對龍總超乎尋常的瞬移能力，要追上還是勉強一些，最後不得不停下求饒：「等、等等！呼……呼……拜託你們別跑了，我再繼續消耗法力，又要重頭再練……」

我扯了扯龍總的袖子，示意他等一等，龍總滿臉不情願，不過仍是停了下來。

我對擁有超能力的玩家一直十分好奇，以前只在電影裡見過，其實這還是我首度遭遇超能力系玩家，沒想到一遇就遇到兩個。我問葉飄流：「你們超能力是怎麼練成的呀？」

見我感興趣，葉飄流宛如深怕我們再次丟下他似的，異常熱情地解釋：「這個問題問得好啊！我跟你說，超能力眞的神奇，只要學會了，身體本能地就會使用。就和騎腳踏車一樣，不是有人說只要小時候學會騎腳踏車，一輩子都不會忘嗎？」

龍總冷冷一句話：「意思是他不記得怎麼練。」

葉飄流頓時語塞。

我一臉失望，葉飄流趕緊道：「等等！雖、雖然我不記得了，可是我知道怎麼儲存超能力！我一開始不知道，不小心用光了，休息幾天也沒有回復，後來琢磨半天才發現原來要靠打怪，只要去打跟自己同屬性的魔獸就能恢復能量。但魔獸超難打啊，而且我是風系……那些魔獸快得跟龍捲風一樣！我不想再打第二次啦！」

「你的意思是，想要獲得超能力，必須殺死其他魔物，奪走他的法力？」我皺眉，連連搖頭。

「……別這樣看我啊，明明是很正常的打怪遊戲，怎麼被你說得好像很殘忍。」葉飄流說完，反問我，「我也想問問你，有沒有辦法可以讓我離開這裡？例如說替我向警察NPC證明我眞的是玩家？」

我遺憾地表示：「光是有我的證詞沒用，就算這裡所有人都相信你是玩家，依然必須經過系統判定，通往現實世界的出口才會打開，我們NPC無法主動和外面世界溝通或者聯繫。」

葉飄流焦急地說：「那系統在哪裡？我要怎麼向他證明？」

「系統是虛無的，祂無所不在，大概就像你們現實世界所謂的神吧。」

「所以我現在能怎麼辦……禱告嗎？」

這的確是一個大難題。

我想得頭昏腦脹，而且越想越餓，一直想從小糖裡掏幾塊珍藏已久的五種野莓牛奶夾心餅乾，又覺得晚餐時間就快到了，現在吃了多浪費，應該還有更好的時機才對。

我停下思考，「你先跟著我們一起闖關吧，說不定能讓系統注意到你是玩家，同時也可能幫助你恢復記憶。」

葉飄流的記憶相當重要，我有些在意黑色軍團提到的BUG。如果真的有BUG存在，也許受害的玩家不只一個，且未來恐怕會繼續發生。要是葉飄流能夠想起他受害之前的細節，那麼就有機會可以將那些罪犯繩之以法，避免更多災難。

這種刑事案件不是我一個小市民能解決的，只是即使報了警，目前也沒有任何證據指向葉飄流是受迫害的玩家，所有真相都只是猜測，警察NPC很可能無法依法處理……

我想得肚子咕嚕咕嚕叫，只能按著肚子阻止它繼續吵鬧，深思到底要不要把這件事上報警局，交給他們處理。

我不自覺往龍總身邊湊，鼻子嗅了嗅，惋惜道：「果然沒有了。」

龍總按住我的腦袋，「嗯？」

「草莓鮮奶油蛋糕的味道啊，想說聞著解解饞也好。」我重重地嘆氣，「還以爲千臉女郎的魅惑術有多厲害，結果香味不過才維持幾十分鐘，根本不夠聞，要是你一直有草莓蛋糕味該有多好呀！」

葉飄流聽不懂我們的對話，但不影響他吐槽：「你說啥？這位大哥身上有草莓蛋糕味？不、不不不！我不敢想像！簡直就像獅子身上有Hello Kitty味……」

……Hello Kitty是什麼味道？

龍總推開葉飄流，沉默地盯著我。

雖然他常常忽然安靜，不曉得在想些什麼，可是我總覺得氣氛不對。長年待在遊戲裡讓我對於危險有了一絲第六感，然而現在這種感覺又不像面對死亡危機，只是一種隨時會被襲擊的壓迫感，令人躁動不安。龍總的內心似乎波濤洶湧，我不明白是怎麼回事，難道是我說他有草莓味讓他生氣了？可又不像生氣啊。

我撓了撓頭，剛認識那時我連看都不敢看他一眼，如今已經不怕了。我正打算偷偷抬眼瞄他的表情，卻突然被他一掌按住頭。

龍總不讓我看他的臉，只說：「你聞見的草莓蛋糕味，是從我身上？」

「……對。」

完了，他是不是真的討厭被說有草莓味啊？難不成是現實世界的人的禁忌？現在否認還來得及嗎？不過我真心覺得身上有草莓味是誇獎啊……

「靠。」葉飄流忽然低聲驚呼，像受到了驚嚇，要不是我距離極近，或許就漏聽了他這句自言自語：「這不是臉紅了吧……」

我一愣，猛地抬頭，卻發現龍總消失了。我左顧右盼，人去哪了？

沒多久，龍總的身影再次出現在我和葉飄流中間，我想繼續剛才的話題，卻先被一陣香草冰淇淋的味道引走注意。

我偏頭一瞧，龍總手上居然拿著兩支香草冰淇淋！

龍總把兩支冰淇淋都塞進我手裡，我才明白不是一人一支，是兩支都是我的，瞬間倍感驚喜，「你什麼時候去買……」

龍總神色不變，「瞬間移動。」

……這麼猛的超能力你拿去幫我買冰淇淋？

我一口吃掉半支，含糊地說：「唔、不是說法力會用完嗎？這樣浪費不好吧？聽起來挺難練的……」

我吃得滿嘴都是，葉飄流嘴饞地盯著我，我不解地回視，「怎麼了？你想吃嗎？」那我得快點吃完了。

葉飄流臉有點紅，「沒、沒事，你吃東西的樣子好……」

龍總突然伸手過來擋住我的臉，粗魯地用手帕給我抹了抹嘴。

「唔？」他身上竟然有手帕這麼細緻的東西，而且質感還挺好的，在我們這裡可是只有王公貴族才會帶著手帕。

龍總把手帕塞回口袋，兩指夾住我的下巴，扳過我的臉，「如果讓你跑兩公里去買一支冰淇淋，你會覺得浪費體力嗎？」

「當然不浪費。」跑完就有冰淇淋可以吃啊！

龍總說：「那就不浪費。」

我怔了怔，龍總注視著我，平靜無波的目光漸漸染上一抹溫柔，「不生氣了？」

我恍然大悟，原來他是爲了賠罪，甚至清楚知道如何安撫我的情緒，所以不只買了一支，而是兩支冰淇淋。

他肯定很了解我，即使我全忘了，他還記著。

這一刻，我突然動搖了。明明應該與玩家劃清界線，我卻前所未有地迫切想要了解我們爲什麼認識，甚至希望能再次和他熟識。

恐怕，我已經是個對客戶偏心的、不專業的NPC了。

「哈囉，兩位？你們記得我還在嗎？」葉飄流不敢對著龍總說，只敢在我面前揮手。

我看了看錶，快要六點，接近下班時間，看來是來不及趕到下一關了。一般而言，這種時候我們都會用各種方式委婉告知玩家，讓對方主動下線，若是遇到奧客存心拖延，最晚加班到晚上九點也會自動被驅離遊戲場景。

我凝視著龍總，陷入了猶豫。

我竟然興起想約玩家留下來吃晚餐的念頭。

我可以帶著龍總一起傳送回宿舍，NPC居住的地區和伺服器大陸是分開的，不受遊戲時間影響，系統也並未規定玩家不得進入NPC的居住區。但幾乎沒有NPC會這麼做，所有人都心照不宣，盡量與玩家保持距離，以免公私不分，破壞行規。

對我們而言，那是寶貴的下班時間，沒人下了班還想繼續工作接待顧客，更重要的是，這麼做有極高的風險。

據說多年前，曾經有位NPC在遊戲中認識了一名玩家，兩人一見如故，NPC興沖沖地邀請玩家一起返回NPC居住區，然而相處幾天後，玩家發現NPC實際上的性格與工作時差異太大，因此幻滅。玩家直言受到欺騙，不停對NPC找碴，兩人大吵一架，甚至大打出手，後來玩家退出了遊戲，怒氣沖沖地向遊戲公司投訴，系統判定NPC有傷害玩家之嫌，最終刪除了那名NPC。

思及此，我咬著唇，眼神飄移，思緒搖擺不定，「那個、嗯……你今晚要不要留下來……呃，跟我一起……」

就在這時，地面驀然浮現藍光，我和龍總下意識同時低頭——破關後會自動在關卡附近出現的傳送圈，恰好出現在他腳邊。

我心想算了，讓他走吧。

沒想到龍總卻拉住我，認眞地問：「你想說什麼？」

我猶豫一會，正要再次開口時，葉飄流突然撲過來，「啊啊啊！要走帶我走啊啊啊！」

葉飄流猛地一撞，龍總往後一退，正好踩進傳送圈。

下一秒，龍總的身影便消失在眼前。

葉飄流對著傳送圈又跳又踩，怎樣也無法離開。他茫然又無助地看向我，像隻被拋棄的小狗。

我面無表情盯著他，拿出手機，葉飄流眼睛一亮，滿臉希冀，「你要帶我回住宅區嗎？」

我有些意外他曉得這麼多，大部分玩家都以為NPC就住在遊戲場景裡，只有少部分玩家才知道這裡只是NPC的工作地點。

我握著手機，朝葉飄流露出甜甜的笑容，「親愛的顧客您好，本日服務時間已結束，明天將在相同地點，等候您再次光臨。」

說完，我按下手機上的退出鍵，脫離遊戲場景。

回到公司，我背好小糖準備打卡下班，同事喊住我：「北北！你下班啦！今晚九點老樣子啊，他們說要回教堂續攤！」

我想起今天沒來得及吃到的仿英式下午茶，點了點頭，心中淡淡的沮喪總算一掃而空。

我們時常會在下班後集體約吃消夜，因爲NPC居住的地區是公司附屬的員工宿舍，並沒有商店，想吃飯得回遊戲場景，久而久之大家就養成了約飯的默契。

我們大部分是在當天用過的遊戲場景聚餐，順道聯絡感情，畢竟工作時領隊NPC和關卡NPC經常是對立關係，不能在玩家面前暴露私下交情。

我從公司離開，返回宿舍，距離九點還有一段時間，我打算先洗個澡，換一換輕便的衣物。

晚上九點。

系統全面打烊，各個伺服器大陸確定沒有玩家滯留在遊戲後，我們才從居住區再次傳送進入場景。

我推開教堂大門，震耳欲聾的音樂瞬間在耳邊炸響，和早上聽見的溫柔美聲合唱截然不同，撼動耳膜的是「咚滋咚滋」的節奏，聖歌被唱成了RAP，變成節奏感極強的嘻哈風格。

教堂內光線幽暗，環繞在四面八方的七色玻璃彩窗放射出奪目光芒，氣氛熱鬧沸騰，一群人正興奮地在舞池中央跳舞。

教皇站在臺上最前方，一手高舉比七，另一手按著全罩式耳機，擔任著控制全場氣氛的DJ，高喊道：「Hey! Yo! 全場的信徒們，你們好嗎——」

現場爆出歡呼，氣氛嗨到最高點。

我直接奔向一旁的食物區，長桌上擺著仿英式下午茶buffet，琳瑯滿目的食物看得我眼花撩亂，差點在幸福中昏厥。

「北北！你來啦！」一群長得一模一樣的信徒NPC朝我打招呼，他們全員有三十二人，是三十二胞胎，聽說破了NPC世界紀錄。

其中一個人對我說：「今天抱歉呀，想不到千臉女郎竟然會來搗亂，你一個人沒事吧？我們還沒反應過來就被她殺了，好險是在關卡內，才能自動復活。」

我塞了滿嘴點心，邊吃邊點頭，「沒事，你們，平安，就好。」

另一個人說：「盡量吃、盡量吃，教皇說要補償所有人，今天加開到凌晨三點！下午茶無限量供應，儘管吃，不要客氣呀。」

我一定會盡力的！

「啊，對了，等等過去長椅那邊要小心點，椅子還沒修好，地板也裂了好大一個洞，大概要等明天系統開工才能修復了吧。」

我頓了下才繼續咀嚼，「唔？地板裂了？遊戲場景不是都很堅固嗎？」

「不清楚耶，我們是在復活之後才聽附近的NPC說，今天下午竟然有地震！肯定是黑色軍團搞的鬼呀，想不到他們居然眞的有撼動天地的超能力……」

我突然安靜。

眞的有地震？

我想起千臉女郎對我說過的那番話，黃奶油酥餅拿在手上，突然下不了口。

這時，有人湊過來拍拍我的肩，「北北。」

我回頭，是園丁馬格。他是教堂裡的背景NPC，跟關卡無關，純屬美術需要，沒有任何臺詞，也不會與玩家接觸，算是頗輕鬆的工作。

馬格也是元老級NPC，我們認識挺久，好一陣子不見，我正想問他近況如何，他舉起手上的兩杯酒，「好久不見啊，來、來，我們喝兩杯。」

馬格把其中一杯酒遞給我——指間還夾著一張紙條，塞進我的掌心。

我面露困惑，馬格小聲地說：「等沒人再看。」

聽他語氣慎重，我也不敢怠慢，待其他NPC都各自聊起天，沒人注意到這邊，我們才走到角落繼續話題。幸好光線昏暗，音樂嘈雜，沒人聽得見我們的談話。

馬格說：「這是你要我交給你的紙條。」

我？什麼時候？

我以爲是馬格有事要告訴我，結果竟然是我自己的請求？

我深感疑惑，「我沒拜託過你呀？」而且我爲什麼要拜託別人傳紙條給我？緬懷學校的上課時光？

馬格搖頭，「是你忘了。你知道嗎？這是我第三次把紙條交給你。」

第三次？

我雖然驚訝，仔細一想卻沒有太意外，身爲主線NPC，我經常被系統強制刪除記憶，失憶很正常。

不過，被刪除的記憶絕大多數都跟玩家有關，所以我會忘記自己曾經拜託過馬格，看來是因爲跟玩家有關了？到底是什麼事情呀……

我一頭霧水地攤開紙條，然後徹底僵住。

紙條上寫著「玩家不要」。

這不就是葉飄流身上的那張紙條？

而且一樣是我的字跡！

這到底是怎麼回事？

我震愕不已，馬格似乎已經見過太多次我同樣的反應，態度冷靜，一字一句緩緩解釋：「一個月前，你突然跑來找我，拜託我在你每次帶玩家破完第一個關卡後，都要給你這張紙條。」

什麼？

馬格繼續說：「你說你很可能會一再失憶，不過有件事絕對不能忘記，你寫紙條是爲了提醒自己。你寫了數百張給我，因爲你擔心如果是由我來寫，你在失憶的情況下不一定會相信，最快的方法就是用自己的字跡證明。」

我究竟想提醒自己什麼？「玩家不要」又是什麼意思？

我急忙問馬格：「我爲何要寫這張紙條給自己？這句話是什麼意思？」

馬格搖頭，「我不曉得，我只負責交給你，你什麼也沒告訴我……但我永遠忘不了你當時的表情。你來找我的時候，臉色蒼白得像世界末日來臨，那天風雨交加，甚至還有地震。你顫抖著堅定地對我說，『這件事情很重要，千萬，千萬不能讓任何人知道，在這個關卡只有你不會和玩家接觸，不會被系統刪除記憶，所以我只能拜託你，請你務必幫幫我』。當你走了之後，天氣又放晴了。」

聽馬格說完，我頓時感到強烈的不安。

莫非天氣異變眞的是我造成的？眞如千臉女郎所說，由於我殺過玩家，所以憑藉BUG得到了不尋常的力量？

失憶之前的我到底做了什麼？

我赫然發現，我無法確定自己是否曾爲殺人魔，畢竟我並沒有完整的記憶。

涼意從腳底竄上頭頂，我不禁打了個冷顫，捏住自己的手。

馬格嘆了口氣，神態愼重而憐憫，「北北，我不清楚你經歷了什麼，我不敢猜，但我願你順利。」

我的嘴唇毫無血色，茫然地注視著馬格。

馬格說：「我相信你不是壞人，因爲你拜託我的那天哭了。」

凌晨，我回到住處，只想躺在床上大睡一場。

今天接連發生的事讓我身心俱疲，我想，只要好好睡一覺就會沒事了吧？

我拖著步伐，慢吞吞地踏進客廳——昏暗的室內，沙發上竟坐著一個人。

「編號5008，已經第三天了，你這進度是不把我的警告當一回事？」

在暗處依然晶亮的頭皮讓我整個人一怵，沙發上的人慢慢抬起頭，即使看不清他的臉，也無法忽略那顆光頭。

是唐禿。

唐禿怎麼會進來我的房子？

不管首席的地位多高，員工宿舍是私人領域，說什麼也不應該擅自闖入！

我板起臉，斬釘截鐵道：「唐理事，您說的職責，我一定會盡力而爲，但現在是我的私人時間，請您離開！」

我指向門口，氣得瑟瑟發抖，門板似乎震了一下，此刻我無心細想。

唐禿掛著玩味的笑容，摩娑著頭頂，「小北啊，這麼多年了，別說老唐不照顧你，看在你有幾分姿色的分上，我好心提醒，你好自爲之。」

我不假辭色，瞪著唐禿，看他起身離開。

直到門板關上，我才漸漸鬆開緊握的拳頭，脫力地跌坐在沙發上。

我遲來地一陣懼怕，蜷起身體，抱緊小糖，整晚都睡不著。

# 第六章　沒見過你們這麼融入的夫妻！簡直是遊戲界的楷模！

隔天，八點五十分，我準時出現在教堂外牆的傳送點。

葉飄流老早就靠在牆邊等待，不知他是不是昨晚就睡在這裡，根本沒離開。

葉飄流眼冒血絲，明顯有些疲倦，但一看見我立刻提起精神，不停揮手打招呼：「北北！早啊！哇，你看起來比昨天更美了！看來昨晚睡得很好喔，哈哈哈。」

……有沒有人說過你眼瞎？

可惜我們不能夠對玩家失禮，就算這位並不是我負責的對象也一樣。

我露出業務用笑容，「嗯，你看起來也很有精神。」來互相傷害啊。

不到九點，玩家還不會出現，我想起昨晚和唐禿的對話，不自覺捏著手指，來回踱步。

葉飄流疑惑地問：「怎麼了？想上廁所？」

我停住腳步，裝作若無其事衝著他笑了笑，葉飄流立刻忘了方才的困惑，臉色微紅，扭捏道：「那個，我早就想問了……」

嗯？

「我、我可不可以摸一把你的臉？你的臉看起來好白、好滑、好好摸！聽說NPC

摸起來跟真人一樣啊……」

不可以，你這個變態。

「摸誰？」

身後傳來一道低沉的嗓音，隨這句話落下，葉飄流瞬間趴倒在地，強大的威壓讓他直不起身，背上像是被千萬斤重的鐵塊壓住，只能趴著喘氣。

我腦殼一震，差點遭到波及跪下，隨即被人伸手按住癱軟的腰。

龍總一手攬著我，另一手掐了掐我的臉，平靜地說：「嗯，跟真人一樣。」

葉飄流不停掙扎，「唔、唔！我、我爬不起來！救命！」

龍總收起外放的威壓，葉飄流才總算鬆了口氣。

我立刻站直，抓著龍總的手，焦急地說：「檔案夾呢？昨天讓你破關的那個檔案夾，還在嗎？」

龍總垂眸瞧我一眼，什麼都沒說，攬緊我的腰，空出來的手抓住才剛站起身的葉飄流。

下一秒，眼前畫面一閃，火車鳴笛聲傳來。

我愣了愣，直到看清楚眼前的場景，才發現我們來到了亞虎伺服器大陸郊區，面前是彎曲綿延環繞馬瑞拉山的鐵軌，以及馬瑞拉蒸汽特快列車。

車門已經打開，衣冠楚楚的列車長似乎在門邊恭候多時，他壓低帽沿，擺出歡迎的手勢，「本列車即將通往山頂馬瑞拉神殿，歡迎您的到來。」

龍總從外套內側掏出檔案夾，拆開封口，抽出兩張破舊的火車票。

這正是馬瑞拉蒸汽特快列車車票，同時也是前往下一關的門票，這輛列車將帶我們抵達第二個關卡。

在主線劇情中，這兩張破舊的車票代表的是冰山美人NPC的哥哥用過的車票，透露出他的足跡，玩家必須依循這條線索，找出他的下落。

龍總說：「你很著急，我們速戰速決。」

我微微一怔，這才明白他一語不發直接帶我們瞬移到這裡的理由。

他竟然看出來了。

我確實急著想破關，昨晚唐禿的威脅使我不得不認眞看待任務，唐禿能擅闖我的宿舍，說明他不怕我日後向NPC勞工局申訴，也許在他眼裡，我已經是個死人了……可是我還不想死！

龍總撓了撓我的後頸，推著我上車。

感受著身後的推力，我忽然感到前所未有的安心。

有龍總在，還怕破不了關嗎？沒有比他更厲害的玩家了，我也相信如果是他，一定會幫我的。

「那個，兩位，可以帶一下我嗎？」葉飄流在我們身後可憐兮兮地說。

我轉頭一瞧，才發現他被列車長攔下了，他不但沒有車票，還沒有身分證，活生生就像個偷渡客。

我正想向列車長解釋葉飄流的情況，列車長正好轉頭迎向我，我猛地一頓。列車長朝我點頭致意，接著又看向葉飄流，自始至終都帶著訓練有素的職業微笑：「請出示身分證明。」

「呃……」我插話，不太肯定地說：「他是我帶來的玩家，我替他作證可以嗎？」每個NPC都明白，一個伺服器大陸不可能同時出現兩名玩家，一般肯定不會相信我這番話，但這位列車長大概是大風大浪見多了，僅是微笑注視著我。

我堅定地對他點點頭，列車長沒說什麼，乾脆地放行了。

走進迎賓區前，我又回頭望了列車長一眼，趁著沒人看見的時候，列車長朝我眨了下右眼。

我陷入困惑的深思，沒注意到轉彎處突然冒出一個人，差點不小心撞上去。幸好只是稍微碰撞到手臂，我正想說抱歉時，耳邊霎時響起異常尖銳的女高音：「啊——」

我心裡一緊，心想完了。

「你這poor的平民怎麼敢bump我？要是弄壞了我的Chanel行李箱你該怎麼負責？」高聲尖叫的這位婦人是一名頭髮捲得老高的貴婦NPC，她的頭髮像霜淇淋般捲上天際，髮絲嵌滿鑽石，亮得刺眼。

又一位以頭髮高度來彰顯地位高低的NPC。

馬瑞拉蒸汽特快列車是輛豪華列車，乘客大多是要去馬瑞拉神殿觀光的有錢人，而我撞上的正是貴婦旅行團的其中一員。

遊戲安排這些乘客，是爲了滿足玩家搭乘豪華列車的虛榮心，這些豪門NPC除了作爲襯托，有時也會故意找碴，玩家可以花費鑽石選擇反擊，體驗打臉富豪的快感。

但這些豪門NPC卻仗著這點，經常得寸進尺，惡意欺凌領隊NPC，甚至是玩家。不妙的是，今天他們還沒開始作亂，我就自己先撞上去，這下麻煩了。

濃烈的香水味撲鼻而來，離霜淇淋貴婦最近的紅色蓬裙貴婦拿起蕾絲扇子搧了搧，用扇子擋住一開一闔的紅唇，以只有我聽得見的音量說：「哎呀，不是說了是豪華列車嗎？怎麼會有賤民？要不是蹭著玩家的名義，恐怕連地毯都踩不上吧……」

我額冒青筋，心裡憤慨。

你們這些有錢人的身分還不是系統給的！一點也沒努力過，俗話說頭腦生得好，不如投胎投得好。

每次都要被他們冷嘲熱諷，其實我已經習慣了，反正列車上有無限量供應的香檳和頂級甜點，我蹭得樂意、蹭得開心，隨便他們怎麼想……但是，我受不了他們總喜歡在工作時間當著玩家的面挖苦我，有時甚至還欺負玩家！即使系統給予他們耍大牌的權限，那也是爲了劇情需要，而不是爲了滿足他們個人的私欲，這種行爲根本遊走在違反NPC守則的邊緣！

我不想理會他們，只想離得越遠越好。

我帶著龍總和葉飄流快速走在車廂中，豪華列車的好處之一就是隔音佳，只要進了包廂就能隔絕外面這些噪音。

我們的包廂在迎賓區的另一頭，我走在前方，領著他們快步穿越鋪著紅毯的廊道，沒想到其中一人暗中伸出皮鞋鞋尖，我走得急沒注意，狠狠絆了一跤。要不是龍總反應極快地從背後抓住我的衣領，我大概已經直接撲倒在地。

旁邊的富豪NPC們掩嘴偷笑，都在看我笑話。

我氣極，在玩家面前又不能發作，尤其我現在一人帶著兩個玩家，不能太過引人注目。

他們目前還沒注意到龍總也是玩家，大概是因為他長得特別好看，名字也相對正常，相較之下葉飄流的名字更醒目一些。

我面無表情站起身，忍住情緒，拍拍衣服，繼續往前走，龍總卻不動了。

龍總站在一對富豪夫妻面前，一語不發地垂眸盯著他們。

我扯了扯龍總的衣襬，用眼神暗示他別管。

我擔心這些NPC會發現龍總也是玩家，畢竟他的名字前面多鑲了兩個小字，跟NPC還是有所區別。遠看不那麼清楚，近看可就不一定了，萬一他們發現我帶著兩名玩家，說不定會告到警局，那麼葉飄流也許會有麻煩。

但很快我便發現自己多慮了，因為那兩人根本不敢抬頭看他的臉。

富豪夫婦被逼得臉色發青，不過他們也不是省油的燈，由於含著金湯匙出生，最高等級的魔力水晶補品隨手可得，所以他們多半等級極高，據說甚至有人養九百九十九等的魔王當寵物，因此面對龍總無聲的威壓，他們勉強還能控制臉色。

貴婦太太怕在眾人面前丟了面子，刻意拔高音量喊道：「看什麼看呀？沒見過你這個人，什麼身分？哪位貴族還是富商？哎呀，都不是的話，可沒資格跟我們說話。」

顯然他們還沒注意到龍總是玩家，雖然就算注意到了，恐怕也依舊肆無忌憚，因為他們不會被系統懲罰，幾乎可以為所欲為。

當然，遊戲裡有兩種打臉富豪NPC的方式供玩家選擇，一種是利用鑽石購買豪華列車米其林三星套餐，凡購買套餐將全程享有高規格待遇，不僅有專人服務，還可以進入專屬包廂，全場富豪皆會帶著尊敬的目光替玩家鼓掌，最後全車一同愉快地享用餐點；第二種比較簡單粗暴，就是直接打人，然而有極高機率會被富豪們的保鑣抓住，嚴重點還會被趕下車，導致關卡重來。

所以說，這就是個逼人課金的坑，大多數玩家都會選擇忍氣吞聲。

龍總沉默一會，終於開口：「問別人之前，先報上自己身分。」

貴婦太太頓了下，挑高眉毛，她大概看不出龍總是真有本事還是裝模作樣，但她毫不介意龍總的挑釁，甚至樂於炫富，「呵呵，客比亞金礦山聽過嗎？在亞虎伺服器大陸南端，快看窗外啊，從這裡就能看見那片山，這遊戲一半以上的金子都來自那裡，而那座山的所有權人就是我跟我丈夫，這樣你明白了嗎？」

客比亞貴婦說的沒錯，那座山是他們家的——正確來說是系統分配給他們的——

出產取之不盡用之不竭的金子，商店裡那些平民買不起的高單價金質衣物以及飾品，也都來自他們家族，說是富豪中的富豪當之無愧。

龍總雖然氣勢夠強，等級也高，要和他們比資產肯定是比不過。

別說客比亞夫婦，在場各個富豪NPC的總資產皆動輒上百億，玩家再怎麼厲害，也不可能擁有上百億鑽石。目前現實貨幣和鑽石的兌換比例大約是一比十，玩家想要擁有上百億鑽石，少說也得課金幾十億，我聽說在現實世界能擁有一億就已經很了不起了。

因此現在只有兩個選項，要不課金買豪華套餐，要不和保鑣打一架，兩個選項我都不喜歡！

第一個選項，雖然我很想吃豪華套餐，可如果玩家選擇購買，富豪NPC們也能平白跟著享受一頓，怎麼想怎麼委屈；第二個選項，即使打贏了也會被趕下車，關卡如果重來，不知道唐禿會怎麼對付我……

正當我苦惱時，龍總掏出手機，我嚇了一跳。該不會眞的要買豪華套餐？

我想阻止他，沒想到龍總並未點開商城，而是撥了通電話。

電話那端很快接通，龍總沒等對方開口便說：「Johnson，把客比亞金礦山砸了。」

所有人一愣。

嗯？

這是……開玩笑的吧？

沒多久，客比亞夫婦的手機同時響了，富豪男忐忑地瞥了太太一眼，貴婦不確定地接起電話，電話另一頭傳來轟隆轟隆的巨響，十分吵雜，聽不清對方說了什麼，只聽得出一片混亂和驚叫聲，貴婦頓時臉色慘白。

龍總握著手機在椅子的扶手上敲了敲，發出「叩叩」兩聲清脆的聲響，「還有人有什麼資產，說出來聽聽？」

全場鴉雀無聲，再也沒人敢開口。

我不敢置信地瞠大眼。

不是，怎麼做到的？居然還有這種操作！不跟人家比資產，直接讓人家破產！

我對龍總的崇拜簡直達到頂點，葉飄流比我更誇張，他顯然已經成爲龍大佬腳下的奴隸，緊緊巴著龍總的大腿，「大哥！從今天起你就是我大哥！就算離不開遊戲有你罩也値了！」

經歷一番騷動，我們總算進入包廂，暫時落得清淨。

包廂內空間寬敞，除了兩座上下臥鋪，還有一張餐桌，左右兩邊則各有一張短絨布長椅，我和龍總坐在一邊，葉飄流坐到對面。

屁股還沒坐熱，包廂門就被敲響了。

推門而入的是富豪團的一員，一名大約十四歲的少年，他剛才並未出聲，我沒注意到他今天也在列車上。

富家少年抬了抬淺色的眉毛，趾高氣昂地說：「我來看看敢嗆客比亞夫婦的人長什麼樣子，什麼人跟什麼人，眞是沒禮貌啊。」

我無語。

擅自闖進別人包廂叫囂，最沒禮貌的是你吧？

富家少年顯然沒讀懂我不歡迎的表情，旁若無人地坐到葉飄流旁邊，來回審視葉飄流。

葉飄流滿頭問號，朝我露出求救的眼神。

我無奈地嘆了口氣。

這個富家少年的名字叫富好，由來很簡單，就是「富豪」的諧音，還有另一層意思是「有錢眞好」。

他的職責和其他富豪NPC一樣，專門向玩家找碴，但不曉得為什麼，比起對付玩家，他似乎對我更有敵意，有時我甚至覺得他針對的並不是玩家，而是我。

只要是我帶來的玩家，他都會特別盡力刁難。

富好持續瞪著葉飄流，葉飄流求助地看我，我無言以對，在場唯有龍總視若無睹，不理會對面的動靜，不知從何處拿出了一個布袋。

他拆開布袋上的小結，布料的花紋樸素，卻十分精緻。我忍不住好奇地直盯著瞧，而龍總攤開布料，露出裡頭裹著的物品——疊成三層的黑色木紋方盒，盒身鑲著金邊，外觀高貴且優雅，讓我想起在現實世界百科全書裡見過的大阪城……難不成，這就是傳說中的經典三層日式便當？

我緊盯著便當盒不放，口水差點流下來。

龍總掀開蓋子，包廂內頓時充斥香氣，基底是熱騰騰的壽司飯，上頭擺了幾顆小紅酸梅點綴，再灑上海苔片，旁邊的格子裡放滿章魚小香腸、排列整齊的玉子燒、唐揚雞塊、鰻魚、花椰菜和兩條大炸蝦……

不要問我爲什麼這麼熟悉這些現實世界才有的食物名，因爲我都背過！

我目不轉睛地盯著華麗的菜色，整張臉幾乎要貼在飯盒上，突然聽見上方傳來一聲輕笑。我困惑地抬頭，對上的卻是龍總老樣子淡然無謂的臉，彷彿剛才的笑聲只是錯覺。

龍總用筷子夾起一塊玉子燒，湊近我嘴邊，我迅速把嘴巴張開，甜滋滋的味道隨即在舌尖蔓延，我幸福得忍不住哼了一聲，瞇起眼睛。

很快第二塊又送到我面前，我張開嘴準備迎接，這時聽見富好吸口水的聲音。他用袖口擦了擦嘴，抓住葉飄流的手臂，罵道：「喂！你們兩個！怎麼可以不顧玩家自己吃起來了！」

我倏地從美夢中清醒，看了看龍總，再看看富好和葉飄流。

他說的對，怎麼可以只有我自己一個人吃！

我趕緊拿起一支叉子，戳了一塊炸得酥脆的炸雞，戀戀不捨地餵給龍總。

富好：「……」

葉飄流不敢作聲，乖乖地坐著不動。

龍總拍開我的手，「你吃，我不喜歡。」

哎呀，你不喜歡呀？那我就吃啦！

我喜孜孜地把叉子轉向，又放進自己嘴裡。

龍總拿紙巾給我擦嘴，「滿嘴都是，你是小孩子？」

現在不管他說什麼，我都會笑著點頭說是！

見我們一來一往，葉飄流忍不住道：「看著你們我才想起這是個搞GAY遊戲，沒見過你們這麼融入這遊戲的……」

龍總掃了他一眼。

「夫妻！沒見過你們這麼融入的夫妻！簡直是遊戲界的楷模！」葉飄流大力鼓掌。

你這麼狗腿你媽曉得嗎？

富好聞言一頓，表情驟變，彷彿得知什麼驚天動地的大消息，猛然站起身，「夫妻？你說他們是夫妻？」

葉飄流不理解他爲何這麼驚訝，這遊戲本來就能結婚，到處都是成雙成對的人，再加上因爲是搞GAY遊戲的關係，男男夫妻的比例比男女還高，一點也不稀奇。

葉飄流點頭，「對啊，我聽教皇說都舉行儀式了。」

富好驚愕的目光在我和龍總之間來來回回，由於龍總坐著，他站著，於是他注意到了龍總頭頂上的名字。字有些小，他瞇起眼想瞧仔細，接著瞬間瞠大眼，差點大叫出聲，又趕緊摀住嘴。

我知道這人終於發現龍總是玩家，無奈地瞥了他一眼，他立刻把我拖到包廂外。

富好關上門，猛戳著我的胸口說：「你、你你你完蛋了！我要告訴警察NPC你一個人帶兩個玩家！而且你還結婚了！」

這種小朋友告老師的語氣是怎麼回事……

爲了避免他小題大作驚動其他NPC，我姑且還是解釋：「警察NPC已經知道了，葉飄流雖然是玩家，但不曉得爲什麼查不到資料，而且還離不開遊戲，所以先讓他跟著我。」

富好聽完，眼神游移，支支吾吾地說：「哦……警察NPC知道了？那、那……你有說你結婚了嗎？」

……我爲什麼要告訴警察NPC我結婚了？

我搖了搖頭，富好倏地又露出凶巴巴的表情，「就知道你這個人！老是想盡辦法勾搭男人……我看這個無身分玩家也只是理由吧？其實你只是想藉機搭訕警察NPC……」

我聽他一個人腦補碎碎念，心想，看來今年上天給我最嚴厲的考驗就是忍住不翻白眼。

這小子想像力豐富得可以去編八點檔了，打電話給警察NPC那叫報警，不叫搭訕OK？是把報警專線當聯誼專線？

我不明白富好為什麼總是喜歡找我碴，還老針對我的人設和外型，雖然我確實長得像勾引人的妖精，可那是美術帝給的設定，不代表本人立場啊！

不過，雖然我對富好沒什麼好感，而且三不五時想巴他的頭，但也不算討厭，因為……

富好推了推我，「好了、好了，你快滾回去，玩家要起疑了。還有，雖然兩個都是玩家，但是不可以偏心，你貪吃吃一半就算了，剩下的便當要平均分配給玩家！」

他實在太乖了。

明明想使壞，卻又盡忠職守，就算討厭我，還是時常提醒我一些該注意的地方，看他這副人小鬼大、傻里傻氣的模樣，我想氣也難。

我嘆了口氣，想把富好打發走，還沒動作，他就自己拉開門，朝包廂內扔下一句狠話：「你們就繼續吃窮人大餐吧！我要去吃豪華列車米其林三星套餐了！」說完就跑，還不忘順便打廣告。

我真拿這小孩沒轍。

列車繼續向前開，窗外景色飛快掠過，吃完便當後，我去了趟廁所，回來後坐回窗邊，看了看錶，視線瞟過包廂一圈，確認龍總和葉飄流身邊沒有任何尖銳物品。

我撐著臉望向窗外，在心裡讀著秒。

三十秒……

二十秒……

十秒……

三秒……

「鏗！鏗！鏗！」車窗外突然罩下黑影，一層層鐵窗封閉了列車，空調漫出大量白煙，我有所準備地倒向軟墊，接著眼前一黑，失去了意識。

「呀啊——是不是你！就是你！」

刺耳的尖叫聲把我從昏迷中叫醒。

我揉了揉眉心，明白迷魂劑的藥效過了，新的關卡準備開始。

我正打算爬起來查看玩家們有沒有異樣，卻先發現身上蓋著一件連帽外套。抬起頭，只見包廂門左右大開，外頭吵成一團，龍總和葉飄流擋在門邊，攔住拚命想闖進我們包廂的NPC們。

怎麼回事？

照理說，關卡劇本是這樣的——列車在前往山頂神殿的路上，突然間釋放迷魂氣體，車廂內的人全數昏迷。醒來時，玩家發現列車停在半山腰，列車長表示列車暫時無法行駛，被迫停靠在一個名叫「無人古城鎮」的廢墟。

這座廢墟便是第二個關卡。

讓我疑惑的是，劇本裡沒有NPC想衝進玩家包廂的橋段，應該是所有人驚慌地聚集在外頭，等候列車長廣播才對。

在門外吵吵鬧鬧的富豪NPC們注意到我醒了，瘋狂指著我，「是你！就是你！」

我皺了皺眉，揉揉腦袋。

他們在吵什麼？又給自己加戲了？這時所有人應該很慌張地四處查看車廂才對，因爲列車在深山中突然停駛了……等等！

我猛地往窗外一看，景色依然不斷往後掠去，列車根本沒有停下來！

「喀噠、喀噠、喀噠……」

聽著一陣陣列車駛過鐵軌的聲音，我心底一寒。

劇本怎麼會改變？列車爲什麼沒有停下來？

其中一個貴婦NPC放聲尖叫：「把我的東西還來！肯定就是你偷走的！你這個賤民！」

我還沒理清思緒就被吵得腦仁發疼，難以集中精神。

我按著後腦勺坐起來，葉飄流立刻跑到我身邊，著急地問：「北北，怎麼辦？剛才不是有大量煙霧把大家都迷昏了嗎？結果我一醒來，就看到這些NPC想衝進來找你麻煩！還好大哥醒得早，把人都擋住了，不然你八成會被打成豬頭……」

「他們找我做什麼？」我皺著眉。

總不會質問迷霧是不是我幹的吧？這不是每個NPC都知道的劇本嗎？他們也不

是第一次演了……

葉飄流撓了撓後腦，「他們說，他們值錢的物品和手機都不見了，一直咬定是你偷的，怎麼會這樣？這也是關卡任務之一嗎？」

什麼？值錢的物品不見了？

我心臟一顫，趕緊摸向後背。

嗯？小糖還在啊！

我想了會，才想起要摸摸口袋，發現是空的。

手機消失無蹤。

我臉色微微發白，頓時有了不好的預感。

手機不管對玩家還是NPC而言都等於是身分證，也是我們離開遊戲場景的傳送器，在正常情況下，弄丟不是什麼大事，只要報警告知遺失就可以補發，然而現在明顯不對勁。

第一，不只值錢物品，所有人的手機都不見了，很可能是誰有意讓我們全都無法離開這裡。

第二，在劇本裡，這輛列車的所有乘客都會被迷昏一段時間，這是系統的設定，絕無例外。那麼是誰能不被迷昏，又能趁機偷走所有人的東西？那個人現在躲在哪裡，目的是什麼？

我的腦中一下子閃過無數種可能，思緒亂成一團，富豪們還在不停叫嚣，死命想擠破門，龍總一臉無聊地擋在門前，顯然是懶得跟人動手，也幸好他沒動手，否則驚動了保鑣，也許關卡會自動重來。

我看龍總被推來搡去，莫名煩躁，加上腦子嗡嗡作響，最後我不耐煩地大聲吼道：「安靜！」

場面頓時一片死寂，離我最近的葉飄流嘴張得能塞雞蛋。

「龍總，你讓開，讓他們進來。」說完，我轉而對富豪們冷冷表示：「腦子是被火車輾過了？我有什麼空間可以藏得下整臺車所有人的東西？」

富豪們張著嘴，面面相覷，大概是沒見過我發火。畢竟從前他們找碴的時候，我都在玩家身邊扮演弱不禁風的冰山美人，不曾反抗過他們。

他們啞口一陣，然後望向原本在一旁看好戲的富好，「是不是你！」

富好看得正開心，忽然被點名，傻傻地怔住，「啊？」

貴婦們你一言我一語：「我看他上車沒多久就一直偷偷摸摸往車廂外跑，肯定有鬼！」

「是呀、是呀，我還聽說他在找人，八成是有同夥！」

「就是你！把我的珠寶和包包還來！」

冷不防被富豪們追著猛打，富好邊抱頭鼠竄邊喊冤：「不是、不是我啊！好痛！我拿女人的東西做什麼？在玩家面前呢，你們講講道理！」

突然，有人抓住富好的手臂往自己身後帶，並且開口道：「他找的是我，怎麼了？」

眾人一瞧，擋在富好面前的是列車長。

列車長摘了帽子，規矩地欠身，唇邊帶著沒什麼溫度卻不失禮的微笑。

富好愣了愣，莫名紅了耳根。

我無暇理會富好的反應，對著列車長深深皺眉。

其他人紛紛說：「原來他是要找列車長……」

「列車長，這是怎麼回事？為什麼第二個關卡還沒到我們就醒了？我們的手機呢？」

列車長戴回帽子，溫言安撫：「別著急，我們正在釐清情況，有任何消息會再向各位報告……」

我盯著列車長的臉好一會，還是忍不住開口：「無司，你為什麼會在這裡？你明明不是列車長NPC。」

不知是誰驚呼出聲，接著所有人齊刷刷看向列車長，列車長依然維持著制式化笑容，絲毫不為所動。

這個問題一直困擾著我，打從一開始我就注意到列車長竟然並非以往的NPC，而是我認識多年的老朋友，無司。

無司不僅不是列車長NPC，且這裡也不是他負責的地區，他為什麼會在這？

當時礙於玩家在場不方便提問，我本來打算之後有機會再私下了解，然而眼下情況明顯不對勁，而且還出了事，所以我深深懷疑——眼前這個人可能根本就不是無司，也許他是和教皇NPC一樣，被黑色軍團冒用了身分！

似乎猜出了我在想什麼，無司悠然道：「有一次，你被玩家剝得只剩一條粉色白圓點內褲，是我協助處理的。」

……這麼清楚當年那件事的細節，絕對是老無沒錯。

「喀！」一道清脆的聲響。

龍總扳斷了門板，臉色不太對，「內褲？」

「呃……你也知道我的衣服布料特別少，隨便一扯就能脫光，不是什麼大事……」我匆忙解釋完，又回頭看向無司，「所以老無，你怎麼會在這裡？」

無司笑了笑，直接掏出證件，在所有人面前揚了揚，「特此告知，我是警察NPC治安管理局局長無司，前來調查第二關卡多起意外事件。」

無司一亮出證件，有人驚呼，有人大大鬆了一口氣，有人脫力地跌坐在椅子上，共同點都是臉上都明顯寫著「得救了」。

在遊戲世界裡，大大小小的事都是由警察NPC解決，警察NPC是系統安排負責維護和平的角色，爲了遊戲的治安與平衡，警察NPC甚至擁有系統給予的部分權限，例如能夠適度懲罰犯罪的NPC等等，因此在遊戲世界是極爲崇高的存在。

警察NPC等同於絕對的公正和規矩，即使是等級相當高的魔王NPC，見了警察NPC也不敢造次。尤其無司身爲治安管理局局長，地位不同凡響，也難怪他一亮出證件，在場的人們躁動不安的情緒立刻就平息下來。

老無見場面暫時獲得控制，附在我耳邊小聲說：「聽說有不少NPC和玩家在這個關卡出事，現在看來果然有問題，你小心點。」

我點點頭。

說起來我和老無熟識的原因，也是由於他身爲警察NPC——接獲太多次我報的警，報熟的。

我常在遊戲中被NPC或玩家騷擾，平均一個月要報警兩到三次，好幾次都剛好遇到老無輪值，也算是緣分吧。

後來我意外發現他十分懂吃，我們幾乎把亞虎伺服器大陸東半邊的餐酒館都開發了一遍，口味相合又聊得來，不成朋友也難。

無司原本靠我很近，卻突然退開，看向龍總。

龍總面無表情，不知爲何散發著生人勿近的氣息。無司抬了抬帽沿，挑眉直視龍總，含笑道：「你這個威壓不得了，你是誰？」

龍總沒回答。

我很清楚龍總的性格，趕緊朝無司使了使眼色，表示這個玩家沒問題。

無司明白我的意思，沒有繼續追問，停頓一會，他忽地笑出聲，用大拇指比了比身後的富好，朝龍總說：「放心，這個才是我的重點關注對象。」

富好瞬間滿臉漲紅，爆了粗口：「關我屁事！」

我聽了忍不住搖頭，這小子養不熟，老無對他非常好，他卻老是跟老無嘔氣頂嘴。

富好和無司同樣認識多年，只比我晚了一點，他們相識的原因挺妙——當年，富好曾經是逃家少年。

大概是正值中二時期吧，從小養尊處優的富好不肯乖乖作NPC服務玩家，時常離家出走，但每次都正好在無司巡邏時被撿到。

後來富好的家人擔心富好不爲系統做事會被刪除，乾脆把他送給警局教育，於是無司就成了負責教化他的輔導員，也許是因此無司才會說富好是他的重點關注對象。

老無確實很有一套，也不曉得他是怎麼教的，如今富好非但不抗拒當NPC，甚至比我還要努力和盡責，雖然那張嘴照樣愛損人，本性難移就是了。

富好不只針對我，對老無也挺凶，我曾經問老無：「他這麼罵你，你都不生氣？」

我見過無司對富好多有耐心，他總是溫聲細語，幾乎沒說過半句重話，富好對他卻老是渾身帶刺。

那時無司啜了口酒，湊近杯緣的唇角勾起一抹笑，「你不懂。」

我確實到現在還是不懂，富好罵他罵到整張臉都紅了，老無是怎麼忍到現在的？

富豪NPC們七嘴八舌地問：「警察大人，所以我們現在該怎麼辦？關卡還繼續嗎？」

「到底是誰偷的東西？東西都去哪了？」

「是哪個混蛋在搞鬼！」

無司摸了摸帽沿，「我有一個想法。」

眾人引頸期盼地看著無司，無司接下所有人的目光，不疾不徐地答：「我剛才檢查過，列車上的乘客並未增加，也並未減少，代表沒有人中途闖入或者下車。另外，每個人的臉上多少都有紅印或壓痕，證明所有人確實都昏迷過一段時間……」

我越聽越茫然。

所以是誰偷了東西？那個人又藏在哪裡？

「你們發現了嗎？只有一個人能光明正大躲在列車上，而且絕對不會睡著。」

誰？

我左顧右盼，瞧了瞧四周的人，又看車廂，再望向窗外的景色——我頓了下，突然靈機一動，想通了。

「是司機！」

無司莞爾，點了點頭。

蒸氣列車是手動駕駛，所以列車上唯一能逃過系統判定而不會昏迷的人，就是司機！

無司說：「我去前頭探探情況，以防萬一，請各位在原地等候。」

富好馬上反駁：「誰管你！你別想一個人搶鋒頭，我也要去！」

龍總也說：「不能只有你，萬一他有同夥躲在駕駛室，一個人未必能應付。」

我有些意外龍總會配合其他人的行動，甚至主動提出要幫忙，或許是他也認爲這件事非同小可？

葉飄流立刻跟著嚷嚷：「大哥在哪我就在哪！」

不知他是眞狗腿還是怕被丟下。

我點頭表示認同，「我也要去。」

無司沒有堅持，點了點頭，於是最後便是我們五人一同前往駕駛室一探究竟，其他NPC則留在這節車廂。

在前進的路上，每節車廂都空蕩蕩的，因爲所有人都聚集在後面的車廂，一路上無比安靜，更令我們不敢大意。

經過第五節、第四節、第三節車廂，全都沒有人，顯得駕駛室越來越可疑。

我接在龍總之後跨過車廂間的縫隙，才剛來到第二節車廂，「喀噠」一聲，兩節車廂之間的扣環鬆脫，車廂突然脫軌了！

我後腳頓時踩空，整個人向後仰倒，眼看就要摔在鐵軌上，我的腦中瞬間閃過一個念頭，從高速行駛的列車上摔下去，肯定會被輾成一灘爛泥。

一道黑色身影從眼前掠過，我的腰部一緊，身軀被撈進某人懷裡，當我回過神時，已經站回車廂內。

龍總仍攬著我的腰，垂頭問：「沒事？」

我愣愣地回答：「沒事……」

葉飄流驚魂未定地大喊大叫：「大哥！你幹麼跟著跳下去啊！嚇死我了！你不要命了？沒必要跟著死啊，NPC就算死了也會復活……」

葉飄流顯然被剛才的意外嚇著了，說起話來語無倫次，雙唇都在發抖，直到對上我驚愕的目光才倏然回神，「啊、北北！抱、抱歉，我沒有別的意思！你別誤會！不是你的命不重要，是因爲我被嚇到……」

我抬手制止葉飄流，「不，沒事，你誤會了，我不是怪你，我只是突然發現一件事……總之沒什麼。」

我只是突然發現，葉飄流這樣的思考模式，才是正常玩家的反應。

對玩家而言，我們應該只是程式寫出來的虛擬人物，爲什麼龍總從一開始就對我這麼好？不但特地替我準備食物，甚至不惜捨身相救？

據說這個遊戲連死亡都十分眞實，不僅得面對瀕死的恐懼，聽說還會有痛覺，所以大多數玩家面臨死亡都會下意識恐懼，想著以保命爲優先。

剛才那個意外發生得很快，根本沒時間思考，這麼說來，龍總等於是本能地把我的性命放在優先。爲什麼他對我會投入這麼多感情？我們不就只是NPC和玩家的關係嗎？

葉飄流又打斷我的思緒，「不是，北北，你聽我解釋，我那樣說是因爲，我想起來了！」

什麼？

「可能因爲受到刺激，我、我想起來了……我失憶前最後的印象，我、我好像是被人掐死的……太可怕了，我怕大哥如果出事，會像我一樣痛苦，甚至可能再也離不開遊戲，所以才會那樣說……」

這回我是眞的震驚了，竟然是這麼殘忍的死法！到底是誰蓄意殺害玩家？

我皺著眉問他：「你記得是誰動的手嗎？」

葉飄流苦笑著搖頭，「我只記得很痛苦，眼前一片白……」

「抱歉，我無意打擾你們談論正事。」無司突然插話。

他朝葉飄流致意表示同情，接著望向空蕩蕩的後方，其他車廂已脫離列車，遠遠看不見蹤影，「現在有個攸關緊要的問題，車廂會脫落恐怕不是意外，或許司機已經有所察覺，因此我們必須要快，否則司機有可能藉機逃跑。」

「那我們快點……」

我話還沒說完，身邊瞬間一空，龍總原地消失。

我愣了愣才想到，他應該是直接瞬移至駕駛室了。

龍總明明對許多事都興趣缺缺，唯獨對於這次的事件異常積極，到底是爲什麼呢？

我們正要加速跑到第一節車廂，富好忽然說：「呃……我有一個疑問，脫落的後面那幾節車廂……有那群富豪觀光團吧？」

一片沉默。

無司語氣輕鬆地笑道：「沒事，會有同仁來協助處理，如果眞出事了，正好能集體復活回到傳送點，不是更省事嗎？」

……我有時會分不清無司到底是開玩笑還是認眞的。

列車突地一晃，停了下來，我們猜想應該是龍總那邊有什麼狀況。

等我們抵達車長室，果不其然見到龍總正揪著司機的後領。

充斥整個車廂的威壓讓人喘不過氣，龍總瞥見我們來了，才稍微收斂，鬆開司機。

司機腿軟跪在地上，對著龍總痛哭懇求：「爸爸！我是被威脅的啊！」

……你又讓人家叫爸爸了？

龍總問：「手機呢？」

「我、我不知道……」

龍總挑眉。

「都丟出車外了！是他們要我做的！對、對對不起，找不回來了，嗚嗚……我眞的不是故意的啊！我走投無路了，黑色軍團找上我，逼我這麼做，不然就要殺死我的妻子和兒子……」

龍總絲毫不爲所動，打斷他的話：「誰派你來的？」

旁觀著兩人一來一往，我忍不住在內心吐槽：那可是你媳婦跟孫子，關心一下好嗎？

無司低頭悄聲跟我說：「看來有內情，是八點檔大戲。」

我差點不合時宜地噗哧笑出來，不愧是老無，和我想到一塊了。

「咳！」富好用力咳了一聲，擠到我們倆中間。

我以為他有什麼話想說，結果他擠進來後就站著不動，瞧也不瞧我們兩個，只是異常認真地緊盯著龍總和司機對峙，彷彿眼前是什麼國家大事。難道他是想站在最佳觀賞位置？

面對龍總的質問，司機猶豫一會，開口說道：「是暴……」

忽然，司機僵住臉，從腳趾到頭頂迅速結冰，眨眼間成了一座冰雕。

龍總跳開，目光掃視一圈，沒發現周圍有其他人，無司立刻向前，拉開司機的衣領，只見脖子上有個掌心大小的紅色印記。

無司神情肅然，「是結凍咒，洩密者會在瞬間結冰。」

我和無司對視一眼，心中都有個猜測。司機想說的，難道是暴雪怪物？

暴雪怪物是傳說級的怪物，近半年才發跡，屬於遊戲最新加入的魔王。

暴雪怪物的能力值和前期魔王天差地遠，通常越後期的NPC擁有的技能越強，像我就是屬於後期加入的NPC，所以——顏值特別高。

有傳言說，暴雪怪物擁有的是操控風雪和結冰的能力，一般NPC無法控制天地變化，如果消息屬實，那麼暴雪怪物就是除了玩家以外，唯一一個系統允許使用超能力的NPC。

因此在NPC之間還流傳著「暴雪怪物絕對是遊戲公司親兒子吧！」的傳聞。

幸好暴雪怪物是低機率出沒，不屬於主線關卡魔王，玩家通常不會遇到他，就連我也沒眞正見過這位傳說中的魔王。

但現在有個壞消息，暴雪怪物什麼時候加入黑色軍團的？假如他眞的成爲他們的一員，那就麻煩大了。他先天能力已經超群，若又因爲加入黑色軍團而擁有了新的超能力，恐怕在遊戲中將無人能敵。

無司轉頭對我們說：「暴雪怪物可能就在附近，他不好對付，務必當心。」

我正要從車門離開，身後傳來動靜，回頭一看，無司面不改色地把結凍的司機敲碎，地上滿是碎片，司機隨即化成光點消失。

我無語了。

無司微笑表示：「冰凍不會死，我先送他回家。」

……有時我眞不明白無司是體貼還是恐怖。

離開車廂，我才發現外頭飄起了雪，氣溫變得寒冷，我搓了搓手臂，身上的衣物已自動換成長大衣。

遊戲中的穿著會根據環境溫度變換，確保玩家和NPC足夠保暖，儘管如此，我的衣服還是在場所有人穿得最少的。明明是長大衣，背後卻幾乎鏤空，誰叫我是魅惑系NPC呢。

我無奈地抱著臂膀。

身體已經夠冷了，再想到這陣風雪可能是暴雪怪物所爲，我更覺得心裡發寒。

打起精神環顧四周，在綿密的風雪中，我注意到面前有一座城門，意外地「咦」了一聲。

是無人古城鎮。

無人古城鎮正是第二個關卡的所在地，我們竟然剛好在這裡停下了？

不，這究竟是剛好，還是黑色軍團有意爲之，一切都仍是未知數。

在尚未出意外以前，第二個關卡的劇本是這樣的——被迷昏的玩家醒來後，發現列車停在半途，沒多久便聽見列車長的廣播：「列車因爲意外故障，必須短暫停留在無人古城鎮，請耐心等候列車修復。在等待期間建議您可以下車觀光，無人古城鎮乃是歷史悠久的建築群，擁有豐富的文化內涵，風景十分美麗……」

聽完列車長的推銷，乘客們自然紛紛下車，沒想到才進入古城鎮，便被一大群居民給抓住。

原來，古城鎮中並不是無人，裡頭一直有居民，這裡的居民相當迷信，深信每一年都必須將活人送至馬瑞拉神殿，用以祭拜雪山神，才能使城鎮一切順遂。

因此，觀光客就是他們最好的下手目標。

玩家也是這時才發覺，原來豪華列車根本是用以載運遭到販賣的人口，列車營運方早已與古城鎮的居民勾結，蓄意在半途施放迷霧，好將乘客送往此地。被抓住的玩家必須想辦法帶領其他乘客，一同逃離古城鎮。

這就是原本的劇情。

但如今劇情全被打亂了，我不確定關卡還會不會照常進行，照理說，系統是不可改變的，即使魔王NPC全都不配合演出，關卡依然存在。

思考到一半，我的身子突然被溫暖籠罩，龍總把長大衣扔到我身上，上面還留有一點餘溫，彷彿不容拒絕似的，他快步往城門走去。

我注視著龍總的背影，憂心忡忡的情緒漸漸平靜，如果能無視葉飄流在旁邊直喊「大哥好帥！大哥好寵老婆！」的話會更好。

而富好拚命扯著無司，想要他快點看看我們的互動。

無司說：「怎麼？你也想幫北蓋外套？」

富好無言。

無司輕笑一聲，戳了戳富好的腦袋，「笨蛋。」

我們走進城門，古城鎮看起來一如往常，除了風雪交加之外十分寂靜，杳無人煙。

這是一個地下水豐沛的城鎮，四處可見橋與河，但除卻流動的河水，城鎮內無聲無息。老舊的磚砌街道石塊斑駁，遍地雜草叢生，街道兩旁的住宅常年受風吹雨淋侵蝕，狀似廢墟。

中央廣場上有一座像是教堂的高塔，來過這個關卡的NPC都明白，那座高塔就是關卡的起點，也就是關著活人祭品的奴隸塔。

塔頂懸掛著一座傳統大鐘，當大鐘敲響時，古城鎮的居民就會從廢墟般的屋子裡衝出來攻擊玩家。

然而現在，我們不能確定那些NPC是否仍是關卡演員，又或者已被黑色軍團取代……

我看了看錶，心裡倒數著時間：三……二……一……

「噹……噹……噹……」

鐘聲響起，我們繃緊神經嚴陣以待，但等了好一會，都沒有人出現。

我越想越不對，難道他們都遇害了？當時在教堂的群演NPC也是如此！

無司大喊：「有人嗎？這裡有突發事件，聽到請回答！」

我也跟著喊了幾個名字。

無人回應。

風雪漸漸變大，從一開始的綿綿細雪變成狂風暴雪，寒風吹亂了我的頭髮，視線模糊不清，建築物覆滿冰冷的白霜，河面結起薄冰。

富好顫抖地指著我的背後，「北北，你的背包呢？」

我心臟猛地一縮，立刻摸向後背，是空的！

小糖！小糖呢？什麼時候不見的？去哪裡了？

胸口驀地劇疼，我難受地摀著，瞬間地殼震動，眼前裂開一道巨縫，河水湍急起來，不變的只有越發強烈的風雪。

富好被風雪吹得站不穩，害怕地說：「暴、暴雪怪物要出現了嗎？」

無司一手護住富好，一手握著槍柄，神情肅穆，四下查看，不放過任何一絲動靜。

龍總按住我的肩，「林北北，冷靜點，東西在那裡。」

我順著龍總的視線望向高塔頂端，高處站著一個體積龐大的長毛怪物，灰白的毛髮布滿臉和身體。他的嗓音嘶啞古怪，彷彿壞掉的卡帶播放機：「你們……終於來了……」

暴雪怪物毛茸茸的尖爪舉起，上面勾著我的小糖！

我激動得恨不得自己能一秒飛到高塔上。

小糖被暴雪怪物的爪子勾著，隨著猛烈的暴風雪吹襲不停搖晃，隨時都可能掉下來。底下是湍急的護城河，要是掉進水裡，我寶貝的食物都會泡濕毀掉，甚至可能沉進河中再也找不到。

裡頭有我多年來的收藏，有許多是再也找不回來的稀有品，更多是美好的回憶，我捨不得地流出眼淚，淚水很快結成冰霜。

下一秒，龍總從我身旁消失，眨眼間，他的身影出現在暴雪怪物面前。

我心中大喜，相信龍總肯定能輕鬆解決暴雪怪物，沒想到，暴雪怪物龐大的身影一閃，竟然從高塔上消失無蹤。

「別浪費……力氣……呵……」

暴雪怪物的聲音又從後方傳來，我猛地回頭，這回他出現在老舊的城門上，似乎在奸笑，但聲音太過沙啞，讓人聽不清楚。

想不到暴雪怪物竟然也會瞬間移動！

果然，暴雪怪物已經成了黑色軍團的一員，得到權限以外的超能力。

「可惡！」無司一腳踩碎地上的積雪。

我注意到葉飄流面色慘白，於是不解地看著他，葉飄流指著暴雪怪物，指尖顫抖，滿臉驚恐，「他、他他他……把我掐死的，就是他！」

我震驚，原來就是暴雪怪物！

看來，暴雪怪物恐怕就是奪取了葉飄流的身分，才得到「BUG」……就連葉飄流這樣擁有超能力的高等玩家都被殺死，我們還有勝算嗎？

暴雪怪物開口：「別急……我……沒有惡意……」

都搶了我的小糖，還殺人了，還敢說沒有惡意！

我怒不可遏地瞪著他，同時擔憂的視線不斷瞥向他手裡的小糖。

「我……只是想……做個……交易……」

我吼道：「你還想做什麼！」

天上驀然劈下一道驚雷，把城門邊原本就搖搖欲墜的枯樹劈成兩半。

暴雪怪物頓了頓，不知是否是錯覺，他似乎縮了一下，接著舉高小糖，「我可以……把這東西……原封不動……還給你……」

那你也可以說話不要喘氣嗎？

暴雪怪物指向龍總，「你……動了我們的人……只要你……跳進河裡……半小時……我就把這個……還給你……如何……」

瘋了！有哪個人類能在結成冰的河裡待半小時不死！當我白痴？

「撲通！」

身後傳來落水聲，我的心中閃過不好的預感，驚慌回頭，龍總竟然真的往下跳了。

湍急的河水迅速漫過頭頂，龍總沉進河裡，一下子便不見人影。

冰河有多冷？直接跳進去不要說半小時，待一分鐘都生不如死！而且水這麼急，跳下去還回得來嗎？

我急得要跟著跳下去尋人，卻被無司用力抓住。

暴雪怪物盯著死寂的河面放聲大笑，嗓音有別於之前的沙啞，甚至有些洪亮：「哈……哈哈哈！你也有……這一天……啊……」

暴雪怪物忽然噎住，低頭一瞧，發現自己的腹部被刀尖穿透，正汩汩冒出鮮血。

龍總不知何時站在暴雪怪物身後，渾身濕淋淋，髮梢滴著水珠，臉上的神情卻比河水還要陰冷，手裡的刀毫不猶豫地捅穿了怪物的腹部。

「你……」暴雪怪物說不出話，嘔出了一口血。

不只暴雪怪物，就連我也相當震驚龍總怎麼會出現在那裡。

直到聽見無司喃喃自語：「障眼法……確實有一套。」

我這才反應過來，原來龍總是故意跳進河裡，如此不只能讓暴雪怪物放鬆戒心，還能讓對方的注意力放在別處，他再從背後突襲。

「居然……是……龍脊刃！」暴雪怪物低聲嘶吼。

龍總老樣子砍完不認人，不和敵人說半句廢話，直接取走怪物爪子上的背包，閃身回到地面。

暴雪怪物摀著肚子，詭異地泛起笑，「沒關係……很快……會再見面的……」

暴雪怪物臨走前怒吼一聲，施放大招，把整個城鎮都凍結成冰，接著消失在我們面前。

濕透的龍總把小糖遞給我。

我卻把小糖扔在雪地上，趕緊脫下大衣給龍總披上，龍總微微避開，似乎是怕水氣沾濕我的身體。

我沒理會，穩穩地扣住他的肩膀，把外套披在他身上。

龍總依舊面無波瀾，我卻能透過掌心感覺到他的身體隱隱發顫。就連他這樣厲害的人恐怕也難以抵禦刺骨的寒冷，我忍不住心疼得紅了眼眶。

我現在只想快點破完第二關，才能早點遠離這個嚴寒之地。

雖然關卡NPC不在，關卡依然會繼續進行，城門像是有一道無形的牆，看得見外面的山路，卻出不去，必須要達成破關條件才能離開。

幸好，我們NPC都十分熟悉這道關卡，輕而易舉就能破關。

此時，無司忽然對我說：「北，我記得這關的破關條件，是用火把燒了奴隸塔？」

我正想點頭，接著猛地一頓。

我環顧肆虐的暴風雪，以及整片結冰的景色——別說燒毀一座塔，恐怕我們連火把都點不著，要怎麼破關？

# 第七章　如果願望需要代價，我願用一切交換，讓這一刻成爲永恆。

我們被困在了關卡裡。

身上沒有手機，無法與外界取得聯繫，唯有破關才能離開。

我們走遍城鎮，不只NPC，連一隻野生魔獸都沒有，看來是被暴雪怪物清場過了。

傍晚，我們在奴隸塔落腳，這裡是唯一可以擋風避雪的地方，裡頭還有一些破舊的衣物能夠保暖，比較麻煩的是沒有任何食物。

我們五人窩在塔裡的其中一間牢房，雖是牢房，不過勝在空間小，四面都有牆壁遮擋，地上鋪滿稻草，意外的還算溫暖。

富好卻在這時吵了起來，「我不想住在這裡！床呢？難道要我睡地上？我出生到現在可是碰都沒碰過地板！我絕對不躺在地上！我要住在總統套房！」

所以你的腳沒踩過地上？幽靈喔？

無司安撫他，把自己的外套鋪在地上讓他躺，但富好不領情，吵著要無司穿回去。

我坐在稻草堆上休息，聽著身邊的吵鬧，忍不住心想，總統套房啊……如果有總統大餐就好了。

不過我嘴饞歸嘴饞，在這種非常時期還是能忍的，NPC的生理結構受系統控制，有時會覺得很餓，多半只是因爲「晚餐時間就應該吃晚餐」而產生的心理作用，不吃飯兩三天還不至於出事。

至於玩家的話……

我垂頭注視躺在我大腿上睡覺的龍總，雖然換了衣服，枕著厚厚的破布，然而他的頭髮怎麼擦也擦不乾，看起來還是相當冷，即使他閉著眼假寐，絲毫沒有表現出來。

我心裡焦急，這雪恐怕不會停，這樣下去不是辦法。我曾聽說現實世界有一種取暖的方法——補充熱量。

透過進食能夠補充熱量，雖然玩家在遊戲中不受生理狀態影響，並不需要吃東西，但有玩家嘗試過，如果在遊戲中進食的話，能夠恢復大量體力。

我以爲自己會捨不得，實際上僅僅考慮了三秒鐘。

我打開小糖，翻出好幾樣我特別珍惜的口糧，有牛奶巧克力堅果脆片、奶油蜂蜜夾心餅乾和濃厚起司洋芋片等等，全是僅此一個的寶貝，是我趁著十年一度的現實世界祭典拚命搶回來的，每一季販售的商品都不同，賣完就沒有了。

我一直捨不得吃，即便心裡難受，我還是一鼓作氣把三包零食都拆開，只要撕開就一定得吃了。

我把零食遞到龍總嘴邊，「你吃吧，吃完會好一點。」

我從來不曾把小糖內的食物分給別人，就連我自己也極少吃裡頭的東西，對我而言，小糖不只是裝食物的背包，而是一種信仰和寶物。

龍總微微睜開眼，我想他明白我心中的煎熬，不會浪費我的決心，畢竟爲了怕被他拒絕，我甚至直接開了包裝。

果不其然，龍總什麼也沒說，張嘴吃下去。

我不敢看他吃下去的畫面，緊閉著眼，心想：快點好起來吧……

富好語氣不耐地說：「幹麼啊？不過就是幾包零食，有什麼好一臉送死的表情啊？」

無司開口：「富好。」

被無司一叫，富好的臉色垮了下來，「怎樣？我只是說一句也不行？」

無司沒說話，富好坐了一會，屁股扭來扭去換了好幾個姿勢，又開口找碴：「喂！眞有這麼好吃嗎？給我一包吃看看。」

我涼涼地瞥了他一眼。

抱歉，一口都不給你。

富好不滿地扯著無司的手臂，「你看看他！不過就是一包餅乾嘛，窮鬼就是小氣，以爲我稀罕？」

聞言，無司的語氣明顯沉了下來，「富好！」

富好抖了下，癟著嘴，小聲咕噥：「你……真的生氣了啊？只是說他幾句你就罵我，我又沒有說錯……我每天吃的都比這些垃圾食物高級多了……」

無司冷聲說：「你再這樣鬧，我要懲罰你了。」

富好閉上嘴，低著頭，吸了吸鼻子。

見氣氛僵持，葉飄流試圖轉移話題：「呃……哈哈，北北！你那餅乾看起來真好吃啊！想不到這裡也有這種食物，哪裡買的？也幫我買一包吧！」

不好意思，買不到了。

這是哪壺不開提那壺……我用幽怨的目光看葉飄流。

富好愣了一會，再也坐不住，猛地站起身。乾草散落一地，他往大風雪裡跑出去了。

我望著富好原本坐著的草堆，不由得滿臉無奈，有幾撮枯草被水漬染深了。

無司重重嘆口氣，站起身，沒有馬上去追，而是轉頭對我說：「北，抱歉，別放在心上，他就是那個性子，從小誰都慣著他，他只是想引起注意，沒有惡意……」

我擺了擺手，「我知道，真的生氣我早就動手打人了，還需要你替他道歉？快去追吧。」

無司無奈一笑，不再耽擱，也跑了出去。

葉飄流緊張道：「要不要我去幫忙追？我速度快，應該很快就能找到人。」

始終閉眼假寐的龍總忽然開口：「不會作和事佬，倒很會作電燈泡。」

葉飄流一臉茫然，有聽沒有懂，但仍是認眞地點頭，「嗯！大哥說什麼都對！」過了許久，無司帶著富好回來了。

無司不知道做了什麼，富好整個人乖得不像話，連走路姿勢都端正四方，我每次看到無司把天生反骨的富好治得好好的，都忍不住驚訝。

更讓我驚訝的在後頭，富好朝我走過來，撇過頭說：「對、對不起……」他竟然道歉了！

我還來不及說些什麼，富好又對著躺在我腿上的龍總悶聲說：「對不起。」

我一愣，「爲什麼要跟他說？」

他罵的不是我嗎？關龍總什麼事？

富好滿臉通紅，淺褐色眼睛泛著水光，鼻子紅通通的，「因爲，我說他吃的是垃圾食物……」

「噗！」我忍不住笑出來，這孩子也太耿直了吧！

見我笑了，富好有點生氣，鼓起了臉。

我沒管他，舉起已經拆開的巧克力脆片，朝他晃了晃，「拿去吧。」

富好錯愕地瞠大眼睛，「你……」

我避開臉不去看手上的食物，「都拆了，就吃吧。」

富好收下餅乾，一直偷眼覷我，不太敢下口，不過我曉得他很高興，揚起的嘴角都泄露了。

「知道我為什麼給你嗎？」我正色，「我希望你能明白食物的美味，懂得尊重別人的喜好。」

無司用手掌遮住臉，無聲地以嘴型對我說：「謝謝。」

都老交情了，哪裡還需要謝？如果能還我一塊牛奶巧克力堅果餅乾更好……

意外的，富好並未一個人獨吞，而是分給了無司跟葉飄流，寒冷的氣息似乎也在分享中稍減了，氣氛稱得上和樂融融。

受困在關卡中的第一個晚上，沒有想像中難熬。

富好說：「果然還是不好吃……」

「閉嘴。」

隔天早上，我們離開奴隸塔，分頭尋找生火的方法。

我走遍了廢墟，只找到幾支結霜的火把棍和埋在雪地裡的木柴，大多已經受潮無法使用，也沒看見生火工具。

來到橋邊，我發現葉飄流趴在欄杆邊望著河面，背影有些落寞。

我靠過去，只聽葉飄流自言自語似的說：「我對這條河有印象……我被掐死的時候，好像就是在河裡……」

我一語不發，葉飄流苦笑，「這麼可怕的事，我竟然快要忘記了。」

葉飄流轉過頭，笑容略顯勉強，更多的是濃濃的悲傷，「你知道嗎？我快忘記以前的事情了，有時我甚至會覺得，自己原本就活在遊戲裡……好不容易想起一些畫面，也越來越模糊，我感覺自己總有一天會忘掉所有記憶。」

我有點難受，卻不曉得怎麼安慰他，雖然我不曾聽過有玩家受困，不過可能是系統開始干預他的記憶了。

「唉，如果眞出不去，乾脆就在遊戲裡當NPC吧！至少還活得像個人……」葉飄流上半身掛在欄杆上，看起來相當頹喪，語氣卻意外開朗，彷彿想鼓勵自己，「無司說，他能替我安排列入NPC戶口，還能幫我找房子呢！」

葉飄流抹了抹眼淚，破涕為笑，「我跟你說，我是眞心想給大哥罩，你替我多說兩句好話吧？如果能練成他那樣的功夫，待在這搞不好比在現實當肥宅還爽啊！」

他眼眶含淚哈哈大笑，我不能理解想離開遊戲的心情，可是看他傷心的模樣依舊很難過。

這樣等於是永遠回不了家了吧，也許現實世界裡還有在等待他的人，但他漸漸忘了，這樣眞正悲傷的到底是他，還是等待著他的人呢？

我陪葉飄流待了一會，然後默默離開，讓他一個人靜靜。

我打算回奴隸塔和無司商量葉飄流的事，越過橋後，經過滿是樹叢的後院，突然聽到有人在說話。

我好奇探頭一看，發現是龍總和無司在奴隸塔後方交談。

距離太遠又隔著樹叢，我聽不清他們的對話，只見兩人的表情都十分平淡隨意，假如來根菸的話，或許會邊抽幾口邊有一搭沒一搭地聊天那種。

我走近，正想撥開樹叢喊他們時，無司恰好說：「你不是一般玩家。」

龍總沒回話。

無司繼續道：「身為維護遊戲平衡的警察NPC，我有權了解你的目的。」

我一愣。

果然，無司也看出龍總不普通了嗎？

一開始，我以為他只是個特別厲害的老玩家，可能是伺服器排行頂尖的大神之類，然而實際相處後，我卻越來越感到困惑。

他一點也不像玩家。

他不急著破關、對待NPC如對待一般人、遇到任何突發事件都不驚訝，種種跡象都不像是玩家。

我把這一切看在眼裡，但始終沒開口問他，因為我知道，龍總不說有他的理由，而我相信他絕無惡意。

龍總倚著牆，手裡的小刀一下下敲著牆面，似乎在思考。

無司忽然又道：「我看見了。」

龍總注視著無司，眼神沒有被逮到的窘迫，亦沒有憤怒。

「車廂內所有人昏迷的時候，你和我第一個醒來，我原本就被預設是第一個醒來的NPC，而就我所知，玩家應該是最後一個，可是你醒了。」

龍總點頭，「你看見了。」

「嗯，你先搜了北的身，又搜葉飄流，再四處檢查車廂……這不是玩家應有的反應，你在找什麼？是爲了什麼目的進入遊戲？」

「我的目的和你一樣。」龍總收起小刀，停頓一會，又說：「我來調查失蹤玩家。」

我震驚，龍總是爲了失蹤玩家而來？

「果然如此。」無司露出笑容，「你是不是現實世界的警察？」

無司這麼一說，我才恍然大悟。難怪龍總的權限這麼大，一座山說砸就砸！警察NPC在遊戲中一直都是最接近系統的存在，連唐禿也比不上，若是現實世界來的警察，那肯定更厲害啊！

龍總不再只是答，他反問：「爲什麼不懷疑我的動機？以常理而論，看見我在搜身，應該最先懷疑東西是我偷的。」

無司回應：「嗯？大概是因爲你太傻吧。」

……居然會有人認爲龍總傻？老無是不是該掛眼科了？

龍總挑眉，顯然也沒聽過有人這麼說他。

無司搖頭失笑，「爲了拿回一個背包跳進冰河，還不傻？明明多的是方法引走怪物的注意。」

龍總不以爲然，「不是每個人最重要的都是生命。」

「所以說你傻。」無司瞧了他一會，笑了，搥他的胸口，「看在我們有緣分，告訴你一件事。他啊，大概很寂寞，有機會的話帶他去外面走走吧，我總有個預感，他不該被困在這種小地方，一輩子作個平庸的NPC。」

龍總不置可否，只說：「最了解他的人，一直是我。」

晚上，所有人回到奴隸塔，討論今天的收穫。

不出所料，所有能生火的工具都結凍了，更別提這座塔的外圍堆滿積雪，在沒有大量易燃物的情況下，想要燒毀簡直是天方夜譚。

還有更糟的事，我們沒找到半點食物，這裡宛若一座死城。

即使我們再能撐，光靠喝河水，最多只能撐七天，而現在已是第二天晚上。

最難熬的大概是富好，他不像我和無司經常因爲玩家或者任務需求跋山涉水，他從小養尊處優，不曾長時間跟玩家一起闖關，更別提待在如此嚴峻的環境。他又冷又餓，身體已經受不了，平常的囂張跋扈不復見，只想窩在無司懷裡哼哼唧唧。

無司默默看著他，連抱都不肯抱他一下。

富好小聲埋怨，無司還是板著一張臉，什麼也沒做。

我明白無司在擔心什麼。

這時候放任富好撒嬌並不明智，有人能依靠會變得更軟弱，他擔心富好連五天都撐不了。

無司的臉色不佳，明明他的體力比我好得多，如今卻顯得比我還疲憊。

我想起有一次我帶著玩家闖關，也是在馬瑞拉山。

馬瑞拉山長年下雪，山路濕滑，那時我不小心摔下了山谷。雖然摔得不深，身體沒有大礙，可是跌進懸崖邊的雪堆時，我發現不遠處躺著一個不知殞命多久的NPC。他全身凍成冰塊，面容無損，只是慘白青紫，我很長一段時間都忘不了那個畫面。

若我們在這片暴風雪裡出事了，是不是也會變成那個樣子？

我在心中嘆了口氣，見大家都沒什麼精神，我收起低落，拍了拍背包，揚起笑容，「不用怕！我們還有小糖！」

一聽見我的聲音，富好精神都來了，大聲反駁道：「都什麼時候了你還在想吃的？你那什麼小糖能幫我們破關嗎？」

我心想，你不就是因爲沒東西吃才會這樣要死不活的嗎？

「就是這種時候小糖才重要啊！小小一塊食物就能讓人開心和滿足，那不就是現在最容易得到的幸福嗎？」

富好愣了愣，低頭小聲說：「我好像明白了……」

我看著他，笑容也有幾分是眞心的了。

深夜，我面朝牆壁臥睡，卻遲遲未能入眠。

我緊抱著小糖，心煩意亂。

雖然目前小糖還很滿，但這樣下去裡頭的糧食只會越來越少，最後，我可能會一無所有。

想到這裡，我的心臟就隱隱作痛，像被誰揪住握緊。

不知過了多久，月光透過破舊的窗子靜靜滑過我的臉龐，有人輕輕點了點我的背。

我回頭，見到躺在我旁邊的龍總眼眸清澈，毫無睡意。

原來他也沒睡著，身後一直沒什麼動靜，我以爲他早就睡了。

龍總把手指抵在唇邊，又指了指門外。

要出去嗎？

我會意地點頭，轉頭看其他人，他們都睡得很熟，連著兩日的奔波，想必大家都十分疲累。無司睡姿端正，呼吸平穩，而富好睡在無司的腹部，蜷成一顆球，時不時輕哼兩聲，腳掌蹭著枯草，睡得有些不安穩；葉飄流則是手腳大張，整個人睡翻了。

我不想吵醒他們，小心翼翼地跟著龍總起身，往奴隸塔外走。

龍總帶著我越過草叢，往崖邊去，我原以爲他有什麼話想說，但他一路沉默，我們在一棵落滿雪的大樹前停下。

地上的積雪都被鏟除了，露出底下翠綠的青草，龍總說：「坐。」

我不解地問他：「怎麼了？」

龍總垂眸注視著我，不知是雪的關係還是什麼原因，他的神情似乎比平時溫和。

接著他示意我看天空，我茫然地仰頭，見到了永生難忘的一幕。

從懸崖邊眺望，漫天星空下是整片冰河，上頭鋪蓋著五彩繽紛的光芒，如同夾帶著星辰碎粉的彩帶般，一路蜿蜒綿延到天際盡頭。

場面太過磅礡壯麗，我好一會說不出話。

這裡美得不像是世間應有的景色。

我想對龍總說實在太美了，轉頭正好對上龍總專注的眼神，我似乎在他眼裡瞧見自己驚喜的表情，以及滿天星子。

在這麼美麗的景色之下他竟然看著我，而不是看風景！

我興奮地扯著龍總的手臂，不停指著天空，「是極光！這是傳說中的極光對吧！」

「嗯。」龍總點了點頭，並未移開視線，他少見的面容帶笑，垂下的眸光始終溫柔，像是一片寧靜的海。

「我一直都很想看看極光，聽說比天堂神殿還難遇見！沒想到今天竟然被我看見了！」我雀躍得忍不住多話起來，「你看！那邊那片紫色的好漂亮啊，不愧是極光，這世上居然有比英式下午茶buffet還要美麗的東西……」

「嗯。」龍總始終保持微笑。

我見他一點也不驚喜，彷彿理所當然的模樣，興奮過後逐漸明白，他是特地帶我來看的。

他怎麼曉得這裡會有極光呢？

他在我心中的形象又更神祕且高大了一些。

我滿足地坐在草地上，仰望天邊，偶爾轉頭和龍總說話。四周仍在飄雪，積雪未曾融化，可是我冰封很久的熱情，已經徹底融化了。

我必須承認，龍總不只是客戶，即使最後發現他是窮凶惡極的犯人，我也無法捨棄他。

我對著極光祈禱，請祝福我永遠不會忘記這一刻，也永遠不會忘記身旁的人。

如果願望需要代價，我願用一切交換，讓這一刻成爲永恆。

我們悄悄返回奴隸塔，富好從無司的腹部睡到了胸口，葉飄流從右上角移到了左下角，他們幾個睡得昏天暗地，絲毫沒發現我們曾經離開。

情緒激昂過後，疲倦感一下子襲來，我頻頻打哈欠，感覺躺下去沾草就能睡。

我面對著龍總側躺下來，睡眼惺忪，朝他笑了笑。

龍總也看著我笑，輕聲說：「睡吧。」

我枕著小糖，在寂靜的夜裡安然進入夢鄉。

不曉得睡了多久，我抖了一下，突然驚醒。

剛才似乎夢見相當可怕的夢，但醒來後便忘了內容，我一面打哈欠，一面下意識往旁邊摸了摸，卻沒摸到任何人。

地板是冰冷的，人呢？

我睜開眼睛，茫然地起身。

其他人還是同樣的睡姿，龍總卻不在。

他一個人能去哪裡？

我心中突然有不好的預感，昏沉的腦袋猛地清明，整座奴隸塔左右搖晃，彷彿隨時要倒塌。

「地震！」葉飄流驚醒。

無司抱著還睡得迷糊的富好坐起來，我沒時間解釋，驚慌地對葉飄流說：「葉飄流！快去找龍總！」

我的臉色多半慘白如紙，葉飄流見狀立刻如火箭般衝了出去，我也站起身想跟上，結果雙腿發軟，一個踉蹌，被無司給扶住。

無司表情凝重，我想他跟我猜到了同一件事。

沒多久，遠處傳來葉飄流的大叫：「大哥！你在想什麼啊！你怎麼能……」

我循著聲音來源追去，只見葉飄流趴在懸崖邊艱難地抓住龍總，而龍總掛在崖邊，隨時可能跌落。

果然。

只要玩家死了，遊戲就會重置，我們才能離開關卡，所以龍總打算自我犧牲。

我和無司焦急地圍過去，想把龍總拉上來，龍總卻不肯握住我們的手。

龍總拿出小刀，對著葉飄流的手背，冷靜到近乎冷酷地說：「放手。」

葉飄流一陣寒顫，卻並未聽話，他緊緊抓著龍總的手臂，死也不肯鬆手。

我想幫忙，龍總卻喝止我：「林北北！」

他從來沒這麼凶地吼過我，我抿起唇，捏起手指。

龍總神情淡漠，「別浪費力氣，這是我要破的關卡，去留由我決定。」

無司按著額頭沒說話，他也知道這是目前唯一的辦法，可是他無法眼睜睜看著玩家送死。

龍總不耐煩地說：「鬆手！」

我驚慌地制止，「不行！」

「你腦子燒糊塗了？大不了遊戲重置……」

我大吼：「但是我會忘記你啊！」

空氣一凝，連下幾天的狂風暴雪也停了。

我看不清楚四周，眼前被淚水模糊，眼淚一滴又一滴往下墜，滴落在龍總的手背和臉頰。

我泣不成聲地說：「你死了，一切就會重來，我會被系統刪除記憶，再也想不起你，這樣也沒關係嗎？」

龍總攥緊拳頭，緊得指尖發顫，好一會才說：「……有關係。」

見我哭個不停，龍總語氣急了起來，又再次強調：「當然有關係。」

接著他踩著崖邊，三步併作兩步，跳了上來。

葉飄流一臉呆傻看著他，又瞧瞧自己毫無作用的右手，默默收回。

龍總把我的腦袋按在胸口，嗓音透過胸腔悶悶地傳來：「你有這麼愛哭？」

我不斷抽噎，「我、我哪有哭……」

龍總嫌棄地盯著自己濕透的胸口，「這還叫沒有？」

「我說沒有！」

「……好，沒有。」

雖然龍總是回來了，我們對於如何破解關卡依然沒有頭緒。

無司自責不已，他一拳揍樹，樹木猛然搖晃，抖下層層積雪，「該死，我身爲警察NPC，竟然這麼無能！」

富好急忙抓起無司的手，心疼地吹了吹蹭破的皮膚。

我拍拍無司的肩，要他別急。這不是他的錯，警察NPC的權限再大，在關卡裡玩家才是主人，NPC僅是陪襯，無人能撼動玩家遊玩的權益。

無司嘖了一聲，摩挲著手上的錶，「偏偏沒了通訊器，只有手錶有什麼用？又不能把罪犯給叫來……」

無司和我提過手銬的功用，警察NPC的手銬和一般人不同，具有追蹤器的功能。凡是進過警局的犯人皆會留下紀錄，任何一個警察NPC都能隨時追查到該犯人的行蹤，並透過手銬把人傳送到面前。

這也是爲什麼很少有NPC敢作亂，除了怕被系統刪除之外，犯過罪就等於失去了人身自由，以後也不可能再犯案，畢竟警察NPC只要輸入編號就能立刻將人傳喚到面前。

眼下唯一能和外界聯繫的就是這隻銬，但正如無司所說，將以往抓過的犯人傳送到面前有什麼用？對方不只不一定會願意幫忙，說不定還會趁機報復。

無司坐上石塊，蹺著二郎腿，揉了揉眉心，「就算能讓犯人服從，又有哪個罪犯能燒了這座塔……」

燒了塔……

聽無司這麼說，我赫然一頓。

等等，我想到了！

我欣喜若狂地告訴無司：「我想到了！有一個人能用！」

幾分鐘後。

火靈山大王前一秒還在睡覺，下一秒突然橫躺在我們面前。

他身上穿著藍色噴火龍睡衣，手裡抱著恐龍娃娃，被雪地凍得驚醒，胡言亂語幾句，甩了甩頭，茫然地盯著我們。

而我們笑咪咪圍繞著他。

火靈山大王一臉驚恐，「什麼？怎麼回事？你們他媽是誰！」

龍總和無司同時蹲下身，兩張臉逼近火靈山大王，模樣像極了不良少年，火靈山大王頓時就安靜了。

火靈山大王被指使放火燒塔時還一臉懵，滿臉寫著「老子是不是在做夢」。

冰霜順利融解，布滿乾草的高塔熊熊燃起火焰，注視著竄起的濃煙，我們終於放了心。

後方傳來警車和救護車的鳴笛，數臺車闖入古城鎮，警察NPC和醫療NPC紛紛跳下車，朝我們奔來。

「你們沒事吧？」醫療NPC喊道。

關卡結束了。

我們將富好送上救護車，由於他情緒過於緊繃，外加營養不良，導致體力透支，需要靜養。

一位警察NPC向我們說明，他們接走富豪NPC們之後，了解了列車上發生的意外，因此來到古城。然而由於關卡已開啟，他們試了各種方法都無法強行突破，於是只能在外頭等候。

無司和警察兄弟們互相擁抱，拍了拍背，表示一切安好。

協助警察NPC做筆錄時，我從他們口中得知，近幾年傳聞有多名玩家在馬瑞拉山失蹤，但警方始終沒有尋獲線索。玩家的身分彷彿被系統消除了，無法確認究竟是哪位玩家失蹤，案情撲朔迷離。

無司正是爲此才特意前來調查，現在他們猜測可能是暴雪怪物所爲，案情總算有了一線曙光。

我邊聽邊思考，之所以找不出玩家身分，多半是因爲那些玩家和葉飄流一樣，丟失了手機，並且被殺害，強制重置遊戲，導致BUG產生，黑色軍團趁機搶奪了玩家的身分。

如果想得知關於失蹤玩家的線索，恐怕得先找到那些遺失的手機……等等，葉飄流是不是說過，他是被人在河裡掐死的？

三個關卡中，唯一和河有關的就是古城鎮。

那麼，葉飄流的手機很可能就掉在古城鎮的河裡！

我立刻告訴警察NPC這個猜想，他們二話不說展開搜索，搜遍了整座古城鎮的河流，甚至出動水系NPC在水下撈了半天，最後眞的在泥沙淤積的河床上發現了微弱的信號光芒。

由於玩家的手機較爲特殊，不會被任何外力毀損，所以當葉飄流拿回手機時，機身還是完好的。

碰到手機的那一刻，葉飄流整個人都在發抖。

他點開手機螢幕，畫面上出現屬於他的玩家名稱和編號。

「哇啊啊啊——」葉飄流痛哭失聲，連日的恐慌和不安終於有了出口。

警察NPC的行事效率一向極高，不只找回葉飄流的手機，就連龍總的手機也當場重新發配。早在幾天前透過富豪NPC的證詞得知所有人的物品消失無蹤時，他們就先向系統申報了遺失。

龍總收起新手機，朝葉飄流勾了勾手指，示意他交出來。

葉飄流把手機雙手奉上，龍總點亮螢幕，查看葉飄流的遊玩紀錄和登入時間。

我好奇地湊過去，「你在做什麼？」

龍總斜了我一眼，「檢查。」

從他的語氣我才知道，他已經猜到我明白他進入遊戲的目的了。

龍總把手機還給葉飄流，葉飄流也確認了下遊玩紀錄，沒想到他失憶前最後的登入時間比想像中還近，大約是一個月前。

葉飄流訝異道：「一個月前……那不是春天嗎？奇怪，那我怎麼會穿著冬天的衣服？」

我提醒他：「你忘了這裡冰天雪地，會自動換上長大衣？」

「啊！原來啊！」葉飄流的表情明亮一瞬，又變得愁眉苦臉，「可是你看我很多記憶都忘了，如果離開遊戲還是想不起來怎麼辦……」

龍總推了他一把，「你只是在遊戲裡受到影響，回去就正常了，快回去。」

「是！」葉飄流一個激靈，想到馬上就能回現實世界見家人，萎靡頓時一掃而空，臉上滿是燦爛的笑容以及迫不及待。

離去前，葉飄流不停朝我們揮手，揮著揮著，有些熱淚盈眶，「謝、謝謝你們！我絕對不會忘記你們的！我一定會再回來！」

富好躺在擔架上，邊吸著能量飲邊不耐煩地擺手，一副讓他快點走的樣子，唇角的笑容卻藏不住，而無司則站在擔架旁，脫帽致意。

我開玩笑道：「你還敢回來？沒有心理陰影嗎？」

葉飄流大力拍胸，「不怕！有大哥罩我！」

龍總不置可否，倒沒有無視或否認。

葉飄流踏上傳送點，身影漸漸模糊，明明人已經半透明，聲音卻還相當清晰：「啊，對了！北北！下次回來，記得再讓我看一次你的泳裝啊！別忘了啊！」

你才是快忘了吧！怎麼什麼事都忘了，偏偏就這件事記得這麼清楚？

隨著葉飄流成功退出遊戲，我們也準備收拾善後離開此地。

火靈山大王在旁邊架了一個火爐，替龍總烤衣服，濕了兩天的連帽外套需要烤乾。在等待的時間裡，龍總百無聊賴地抱著手臂，靠在樹邊假寐。

火靈山大王用掌心凝聚火團，邊烘著大衣，邊不滿地碎碎念：「居然敢把我堂堂火靈山大王當成烤爐？真是一群不要命的王八……」

龍總沒睜開眼，只是稍微動了一下，挪個姿勢。

火靈山大王立刻改口：「呵呵，沒事、沒事，這樣火力夠強嗎？要不要再暖一點？」

我遠遠望著他們，坐在救護車拉開的車門前，喝著警察NPC給的熱可可。

無司走過來，「如何？還好嗎？」

我燦爛地舉高手上的杯子，「遇難完來一杯熱可可最棒了！」

無司失笑，「你還眞是豁達。」

他坐到我身旁，兩手靠在膝蓋上，十指交扣，拇指摩挲著手背，一時靜默不語。

認識這麼多年，多少有些熟悉彼此的習慣，我明白這是無司在思考複雜的事情時慣有的動作，不禁疑惑地看著他。

無司保持沉著的笑容，目光瞥了前後，確認周圍暫時無人，大部分的人都在忙進忙出，無暇注意這邊。

無司說：「其實，我除了來這裡調查，還有另一個任務。」

「什麼呀？」

無司掏了掏胸前的口袋，摸出一張折疊整齊的紙條，遞到我手上。

「這是你拜託我的。」

我狠狠一愣。居然又是紙條？

無司慢條斯理地解釋：「我不清楚紙條裡寫的這句話代表什麼意思，也不清楚你為什麼要這麼做，你只告訴我，一定要在第二關把這張紙條交給你。」

我收下紙條，並不急著打開，我總有不祥的預感。

「無司，我們認識這麼久了，我怎麼會瞞著你？難道我連一點訊息都沒透露給你？以你的性格，也不可能不問到底啊！」

我不信自己會防著他，也不信無司身為警察NPC，在明知有重大隱情的狀況下能坐視不管。

「我當然問過，我想幫你。」無司揉著太陽穴，笑容苦澀，「但無論我怎麼問，你都不肯說，你只告訴我，沒有任何人能夠幫你，而且你還說……有時候無知，才是最幸福的。」

我滿心惶恐。究竟是發生什麼事，才會讓我說出這麼絕望的話？

我顫巍巍地打開紙條，紙條上只有兩個字。

「破關」。

兩張紙條湊在一起，意思就是「玩家不要破關」。

手一抖，紙條落在地上。

我為什麼會告訴自己，不要讓玩家破關？我的職責不就是要讓玩家破關嗎？

這瞬間，我的腦中閃過種種畫面。

從一開始唐禿的指責：「這一個月來，你帶的玩家沒有一個玩到破關！沒有一個！」

到他赤裸裸的威脅：「聽好了，你必須帶領下一個接洽的玩家破完最後一關，給我記住，是最後。如果他中途刪除不玩了，或是刪除遊戲……你就被炒了，懂嗎？別幹NPC，永遠滾出遊戲世界。」

難道，這些紙條就是我始終沒有帶玩家破關的原因？我一直在阻止自己？爲什麼？

我咬緊下唇。

肯定發生過什麼事，讓我決心不能再帶玩家破關，而且這件事還不能被任何人察覺，所以我才會分開傳話，就是爲了確保即使有人擅自打開哪一張紙條，也無法明白內容。

我爲什麼要這麼做？假如玩家破關的話，到底會發生什麼事？

腦內一片混亂，像是有千千萬萬根細針扎著我的大腦，令我頭痛欲裂，不得不抱緊腦袋。

無司焦急地按住我，「北？北！你沒事吧！」

接著，一個強勁的力道也按住我的肩膀，耳邊傳來龍總的聲音：「林北北？」

我艱難地仰頭，因爲劇烈的頭疼，我的眼前出現密密麻麻的黑點，卻依然能看清楚龍總寫滿擔憂的眼眸。

玩家……對了，他……也是玩家。

如果不能讓龍總破關的話，我們是不是立刻就得分開了？

如果沒有達成唐禿的任務的話，我……會不會死？

如今只有一件事能確定，那就是我們所剩的時間不多了。

見我神情痛苦，兩眼無神，龍總晃了晃我的肩膀，「林北北！怎麼了？快說話！」

我用力甩頭，再次抬頭時，已經稍微平復下來，「沒事……我只是突然頭痛，可能是這幾天太冷了。」

龍總面露懷疑，不相信我的說詞。我拍了拍他按在我肩上的手，示意他放開。

龍總不肯放手，我只好維持著這個姿勢，無奈地笑著說：「我還想找你呢，你就過來了。」

「找我做什麼？」龍總盯著我，像是想從我的表情找出蛛絲馬跡。

我朝龍總瞇起眼，愉悅地笑：「想問你冷嗎？」

龍總挑眉，他明知我曉得火靈山大王正替他烤衣服，還狗腿地充當火爐，應該是一點都不冷的，但他沒有問，只是執著地注視著我，等著我繼續說下去。

我不負他的期望，說道：「既然這麼冷的話，要不要來我家洗熱水澡？」

# 第八章　我心向你。

龍總正在我的浴室洗澡。

聽著浴室裡嘩啦嘩啦的水聲，我心不在焉地看著眼前的電視節目。衝動後回過神來，我才意識到自己竟然把玩家帶回家了。

正確來說，是把龍總帶回家了。

好一會，水流聲停了，剩下若有似無的滴答聲，「唰——」龍總拉開浴室門，踏了出來。他把毛巾隨意掛在頭部，單手將濕漉漉的頭髮撩到腦後，水珠順著動作傾落在地毯。

龍總穿著我的睡衣，好好一件連身長睡衣被他穿成了T恤，我在心裡偷偷羨慕腿長真好，忍不住去瞧他光裸的腳掌，連腳趾都生得這麼好看。

「輪到你了。」龍總在矮桌旁盤腿坐下，自在得彷彿在家裡。

我起身走向冰箱，「你喝哈密瓜牛奶嗎？我家只有這個。」

「喝。」

當我也洗完澡出來時，發現龍總維持著和剛才一模一樣的姿勢，握著掀開封膜的哈密瓜牛奶，專注地看電視，頭髮都沒擦乾。

我拿起毛巾替他擦頭髮，忍不住笑：「想不到你是電視兒童。」

龍總盯著電視，「只是好奇，你都看什麼。」

「我們的節目跟你們差不多啊，有時還會連線到你們的節目呢。」

龍總一怔，「那你看嗎？」

「會看點偶像劇吧。」

「新聞呢？」

「不看。話說你們的新聞是眞的嗎？我以前看過幾次，發現明明是同一條新聞，每臺都報得不一樣，我應該看哪一臺？」

龍總默了。

「還是偶像劇最眞實，至少劇本不會騙我。」

我拿起吹風機替龍總吹頭髮，他的頭髮不算長，摸起來相當滑順柔軟，前額的劉海不停掃到他的眼睛，我見他文風不動地閉著眼，突然靈機一動。

我從櫃子裡翻出兔子髮圈，把他的劉海綁起來，大大的兔子娃娃頂在麥色的額頭上，搭配一撮翹起來的頭髮，和他陽剛的形象太不搭了。我忍不住大笑，拿出手機連拍了好幾張照片。

龍總一臉無奈，卻沒阻止我，任由我擺弄，乖得像個布娃娃。

我捧住龍總的臉，心都要融化了，像哄小孩一般甜滋滋地道：「怎麼會有這麼可愛的娃娃呀？跟我一起住在這裡怎麼樣？」

龍總頓時收起不耐，點點頭，「好。」

早上六點。

系統還沒開始營業，我帶著龍總一起進遊戲吃早餐。

我們來到警局附近的早餐店，才進門就聽見吆喝聲：「北北！來來來，這邊坐！」

一群警察NPC坐滿三大桌，其中一桌的人站起來喊我，無司也坐在那一桌，朝我晃了晃手上的豆漿，表示打招呼。

我走近才注意到富好坐在無司旁邊，他不是去醫院了嗎？

我問富好：「你出院了？」

富好用刀叉切著餐點，哼一聲，不理會我。

不愧是矜貴的大少爺，我第一次見到有人吃燒餅油條用刀叉切。我聳聳肩，早已習慣他這種態度。

無司替他解釋：「他吵著要跟，所以檢查完就出院了。」

我點點頭，富好只是營養不良，去醫院檢查一會，吊幾個小時的點滴也差不多了，還有力氣瞪人，顯然應該沒什麼大礙。

富好瞪著我，一直瞪到我在無司身旁坐下，再瞪到發現龍總在我身後。他倏地怔住，下一秒收起敵意，露出欣喜萬分的笑容，「喂！你把玩家帶回來啦？」

我轉身看龍總，這才想起還沒跟其他人介紹這位是玩家，頓時有些忐忑。

差點忘了，大部分的NPC都十分排斥玩家進入NPC住宅區，畢竟誰想在下班時間還得繼續面對客戶？而且有了當年那個下場淒慘的NPC作爲先例，誰都怕跟玩家走得太近。

我正想解釋，沒想到他們的反應出乎我的意料。

「哦！你就是龍總是吧？來來來！喝一杯、喝一杯！」離我們最近的一名警察NPC滿臉笑容，拍了拍龍總的背，甚至攬著他，塞給他一杯豆漿。

「原來就是你啊，終於見到本尊啦！我還想說究竟是何方神聖，長得很帥嘛！難怪、難怪。」

聽他們你一言我一語，態度異常熱情，我驚訝不已。

「你們認識他？還有……你們不介意我讓玩家留下來？」

警察NPC們點頭，「沒問題啊！自己人嘛！」

什麼意思？

其中一個警察NPC指著龍總，「他不是你老公嗎？你不知道有多少人心碎啊，誰能把我們久攻不破的亞虎伺服器大陸第一美人娶回家？當天光是我們局裡就有好幾個人因爲太傷心而請假呢。」

……爲什麼全世界都曉得我們結婚了？

另一個警察NPC嘖嘖搖頭，「那個可謂經典啊，我老婆回家還跟我鬧個不停，眞頭痛。」

我越聽越茫然，感覺跟不上話題，「那個是哪個？」

眾人齊齊看過來，異口同聲道：「他不是用全頻公告跟你求婚嗎？」

啊啊啊！都忘了有這回事！難怪所有人都曉得了！

警察NPC拉著龍總的手，「百年好合，早生貴子！」

龍總居然還朝他點點頭。

我不會生什麼貴子好嗎！話說，那不是我自願的啊！雖然我的確沒跟玩家結過婚，但你們是不是忘了這是我的工作職責之一呀？

警察NPC指著龍總的頭頂，「你們看看他的名字，還冠夫姓，不愧是現實世界來的，就是會搞浪漫。」

你誤會了，那絕對不是冠夫姓，這人八成是懶得想，看到什麼就取什麼。

無司站起身，走過來攬住龍總的肩，「還要謝謝這位兄弟替我們解決不少黑色軍團的問題人物，敬他一杯！」

「哦哦哦！無局說的對！敬他一杯！」

「敬他一杯！」

一群人高舉杯子，歡聲笑語久久不散。

他們圍著龍總七嘴八舌地問：「聽說你用半根筷子解決黑暗陰兵盔甲是真的嗎？怎麼辦到的？也教我們兩招啊。」

「我也想找一天和男朋友結婚，你覺得在海邊求婚如何？」

我沒想到龍總能這麼快融入，先不提他們扯遠的話題，見到這樣的畫面，我當然很高興。

我邊吃早餐，邊思考接下來的行程。

下個關卡就是主線任務的最後一關，馬瑞拉神殿。

按照原本的劇情，解決無人古城鎮的事件之後，玩家就會明白冰山美人NPC的哥哥也搭上了人口販賣的列車，成爲古城鎮的活人祭品，被送往馬瑞拉神殿。

所以，玩家最後的任務就是前往神殿，拯救冰山美人的哥哥。

但當玩家千辛萬苦爬到頂峰，進入伺服器大陸海拔最高的神殿，遇上最終大魔王時，才發現從頭到尾都沒有哥哥這號人物，冰山美人NPC其實是大魔王的手下，一切只是他誘惑玩家來到大魔王面前的騙局。

不過，這些劇情龍總早就知道了吧。

要解決最後一關的魔王並不困難，只要奪走魔王胸前的冰雕項鍊就行了，我想以龍總的身手，不用幾秒就能破關。這令我更加不明白，爲什麼我要千方百計提醒自己絕不能讓玩家破關？

最後一關會遇上什麼危險？

我昨晚想了一整夜，心中隱隱有個猜測，此時卻不願深思。

眼看快要九點，遊戲即將開始，龍總從座位上起身，對我說：「直接去山頂。」

聽龍總這麼說，我顫了一下。果然，他曉得最後一關就在山頂。

旁邊的人也聽見了，笑道：「你們快破關啦？今天是全伺服器大陸的嘉年華會耶，不多待一天再走嗎？」

嘉年華會？

另一個人答腔：「就是說！這天系統特准所有NPC放假一天，有任務在身的NPC也可以找人代班，整座城都在歡慶，機會難得，不是每個玩家都能碰上，你們不逛逛嗎？」

我連忙站起來，「對、對啊！我們逛逛再破關也不遲嘛，而且一定有很多好吃的！」

龍總想了想，並未考慮多久便道：「那就去吧。」

我們離開早餐店時，正好九點，街道傳來樂隊敲鑼打鼓的聲音，遊行隊伍在城鎮中巡迴，周圍的商店自動換上了五彩繽紛的布置，四處拉著彩帶，天空飄著彩球，大人小孩們都跑到大街上，隨著樂曲歡快地跳舞。

「嘉年華會大特賣！所有口味甜甜圈統統五折！」

一旁的攤販叫賣著，我雙眼一亮，看著龍總，用閃亮亮的眼神無聲示意：「我可以去買嗎？」

龍總點點頭，我喜孜孜跑向攤販，買了兩個，很快又跑回來。

龍總正望著跳舞的人群，不知在想些什麼，我想大概是美好的事，因爲他的嘴角帶著笑意。

「給你！」我把甜甜圈塞給龍總。

「給我？」

我點點頭，把兩個甜甜圈都給他，「都給你。」

龍總挑眉，「都給我了，你吃什麼？」

我無比認真道：「沒關係！我希望你吃得飽飽的，吃飽了就會開心，你開心我就開心！」

龍總笑出聲，我愣看著他愉快的笑容，明明沒見過他這樣笑，卻又有種莫名的熟悉，似乎很久以前曾經……

龍總點了點我的腦袋，「你傻不傻？不會買四個？」

對吼！

我轉身想再去買兩個時，不小心撞到了人，連忙道歉：「抱歉、抱歉！」

一回頭，視線正好對上黑色的長鏡頭，以及閃爍的小小紅燈，我定睛一瞧，是攝影機。

被我撞上的主播NPC一身五顏六色的禮服，頭上頂著紅色大帽子，他扶了扶被撞歪的帽子，笑著說：「沒事的，看來這位漂亮的先生就是我們今天被迫中獎的採訪對象了。」

我被說得不好意思，靦腆一笑，配合了採訪。

採訪NPC對著攝影機說：「今天是一年一度的嘉年華會，可以看到現場熱鬧非凡，據說遊戲舉行嘉年華會的目的，是爲了讓所有人都能暫時脫離忙碌的生活，開心度過一整天，也就是說，無論你平時日子再奔波，這一天都要與身邊的人歡度。這個日子又被稱作開心節，那麼我想問這位漂亮的先生，你今天開心嗎？」

我和龍總對視一眼，展露笑容，「開心！不過，我希望不只今天一天，天天都開開心心！」

「這位先生說得很對。」採訪NPC被我的笑意感染，語氣也愉快地上揚，他轉身問龍總：「那麼這位帥氣的先生，你開心嗎？」

龍總說：「天天開心。」

受訪完畢，我又買了兩個甜甜圈，在街上邊走邊吃。逛了幾圈，忽然有人從後面喊我：「小北！」

我轉過頭，一個穿著彩色T恤的人邊揮手邊朝我跑來，是老王。

我驚訝地問：「老王！你怎麼回來了？你不是被調去古狗伺服器大陸了嗎？」

老王是我以前的同事，大我幾屆，是公司的前輩。他爲人講義氣，人脈極廣，消息特別靈通。

我剛開始當領隊NPC的時候，是由他一手教導的。

起初我不知道如何應對玩家，時常被玩家牽著鼻子走，甚至遇過明目張膽的騷擾，好幾次都是老王替我擋下，耐心地教會我如何成爲獨當一面的NPC。

他是我的恩師，後來他被調去其他伺服器大陸工作，我們仍保持聯繫，只是很久沒見到本人了。

老王點頭，「是啊！今天剛好嘉年華會放假，回來見見你師母和老朋友，聽無司那小子說你在這裡，我就找過來了。怎麼樣？最近還好……」老王說到一半，忽然瞧見我身旁的龍總，愣然一頓，「等等！這位不是龍大佬嗎？」

我詫異道：「你們認識？」

老王猛點頭，「當然啊！古狗伺服器大陸誰不認識這位？這位在我們那裡無人不知、無人不曉，兩年來征服了大大小小的島嶼，上百條隱藏支線全部破關，不只是遊戲裡第一人，更是每個魔王都聞風喪膽的對象！」

老王激動得像在介紹英雄人物，我無奈地看著龍總。你到底是什麼人啊……

龍總咳了一聲，撇開臉。

老王稀奇地打量了他一會，「不過啊，龍大佬，你看起來好像收斂了許多啊？記得當年偶然遇到你，一身殺氣，誰都不敢靠近，身邊甚至沒有領隊NPC……現在小北這麼接近你也沒事，嘖嘖，還是有點變化啊。」

龍總避開老王的眼神，一臉「別再提當年」的表情。

老王沒領會到龍總的無言，滔滔不絕地對我說：「你肯定沒見過這位氣場全開的模樣，最經典的一幕到現在還被貼在榜單公告欄。曾經有魔王NPC爲了扳回顏面，集結幾十個魔王NPC圍攻龍大佬，結果龍大佬什麼也沒做，只是眼神一瞥，四周氣壓就飆升幾百帕，在場幾十個魔王瞬間趴倒！那畫面堪稱經典！」

我繼續看著龍總。他如今的威壓竟然還算收斂了？

龍總視線瞟到右上方，被我們的注視逼得無處可躲，他只好道：「反正，不會再去了，我就待在這。」

老王大笑，「哈哈哈！這可眞是好消息啊！我得回去跟那些魔王NPC們說說。話說，小北，你別怕，雖然我這樣講，這位大佬還是挺好相處的，至少小費給得可大方！」

老王搭著我的肩，一臉回味無窮，「不是說我偶然遇過他嗎？他身邊沒有領隊NPC，直接就朝我走過來，扔下整整一萬鑽小費，對我說『不用演了，這裡有什麼關卡和支線？帶我走一遍』。」

老王學著龍總說話的語調，冷著臉，皺著眉，模仿得惟妙惟肖。

我忍不住笑了出來，又轉過頭板起臉，故作生氣地問龍總：「爲什麼你都沒對我說『不用演戲，我直接給你一萬鑽』？」

龍總摀住臉，嘆了口氣。

「原來你對其他人這麼大方？那爲什麼看我演半天？」

「因爲你不一樣。」

「怎樣不一樣？」

「你可愛。」

「什麼可愛？這是嘲笑我嗎？不演了！」

「客訴。」

……我輸了。

看我們一來一往，老王摸摸下巴，正想繼續說什麼，一旁忽然有人喊道：「嘿！那邊難道是老王？老王！你回來了啊！」

一群人圍上來，顯然也是老王的舊識，我不打擾他們敘舊，跟老王說了一聲：「那我們先去逛啦！」

老王擺擺手，「等會兒再去找你啊！」

和老王分別後，我還在想剛才的對話。龍總把古狗伺服器大陸都翻遍了，看來果然是爲調查而來，不過他又跑來亞虎伺服器大陸，難道他要找的線索可能在這裡？

我不清楚古狗伺服器大陸的情況，每個伺服器大陸之間相隔甚遠，據說是因爲遊戲資料太過龐大，爲了讓系統分流，所以兩邊訊息並不互通，許多事情都只是聽說。

走著走著，我聽見了熟悉的吵鬧聲。

「陪我逛一下嘛！一下就好！」

這聲音……

我一抬頭，果不其然見到富好正纏著無司。

無司站在主要道路的交叉口，穿著齊整的警服，一臉肅然維護秩序，順道監督四周有無趁勢作亂的NPC。

富好在他身邊繞來繞去，手裡抓滿三支不同顏色的棉花糖跟咬了幾口的糖葫蘆，不停吵著：「陪我去逛逛啦！」

無司瞧都沒瞧他一眼，「我在執勤。」

富好不滿地鼓起臉頰，「今天是開心節！其他隊員都放假了，爲什麼你一個高階幹部還要執勤啊？今天是系統的公定假日，所有人都能放假啊！」

「人民的安危不分平日假日。」

不管富好說什麼，無司都不爲所動，富好愍了一會，又想起什麼似的說：「要不然，你至少吃點東西嘛！這些統統給你吃！你還想吃什麼？都交給我買單！」

富好拚命想把手裡的三支棉花糖塞給他，無司卻雙手背在身後，姿態端正動也不動，沒有接下，目光始終掃視著周圍的人們。

富好執拗地舉了許久，直到手臂疲軟，再也撐不住，他眼眶驀地泛紅，盈滿淚水，「你不陪我，又不肯吃，你真掃興……明明說今天是開心節，我只是……想要你也過得開心……我不管你了！」

富好哭著，正要收手轉身，無司突然逮住富好的左手，一口咬住富好手裡的糖葫蘆。

富好一怔，一下子臉燙得耳根都紅了，「那、那個，我咬過了……」

無司舔舔唇，眉頭微蹙，「真甜。」

我旁觀著他們的互動，突然福至心靈，想起一件被我忽略已久的事。

「龍總，祭典怎麼可以沒有糖葫蘆！你想吃糖葫蘆嗎？」

龍總：「……」

「哎，你表情怎麼這麼奇怪？看來是還沒吃飽，我再去多買幾個……」

嘉年華遊行的樂曲進行到最激昂的部分，幾乎掩蓋過人聲，不過每個人臉上滿是燦爛的笑容，似乎已經不需要言語。

副歌演奏完，進入了間奏，這時人群傳出騷動，在眾人圍繞的廣場中央，有個西裝筆挺的男子跪了下來，對另一名同樣衣冠楚楚的男子求婚。被求婚的男子驚訝不已，點頭泛淚，兩人當眾擁吻，有人吹口哨，有人鼓掌，掌聲和樂音交織成澎湃的旋律。

在一派溫馨的氣氛中，龍總忽然說：「我有東西要給你。」

龍總抓起我的手，把一個小盒子放在我的掌心。

這不會也是要求婚吧？不不不，遊戲世界明明沒有戒指……

然而龍總的表情並非我想像中的溫情，而是出乎意料的肅穆。他捧著我的臉頰，逼我直視他深邃的眼眸，「聽好，這是護身符，能保你一命，但只能使用一次，只有緊急時刻才可以打開，懂了嗎？」

什麼東西這麼神奇？

我歪了歪頭，「能保命？就算遇到暴雪怪物？」

龍總點頭，「就算遇到所有怪物。」

我雖然好奇，不過聽他這麼說反而不敢輕易打開了，畢竟這是他第一次如此慎重，大概是什麼特別重要的東西。

我小心翼翼地把盒子放進小糖的夾層裡。

「爲什麼給我這個？」

「我不一定能隨時在你身邊。」

也許是周圍的氣氛，也許是他的話，也許是他的禮物，讓我的心情莫名惆悵，又莫名升起一股感動。即使他隨時可能離開遊戲，卻不曾忘了我。

我低著頭，小聲地說：「可是我不需要這個，我不想你離開我身邊……」

在這般歡騰熱鬧的街上，他不可能聽見我說的話，可我還是說了。

又或者，我是因爲知道他聽不見，才能說出口。

沒想到，龍總忽然抬起我的臉，字字清晰地說：「不准這個表情，只是以防萬一。我哪裡都不會去。」

我愣怔地凝視著龍總，龍總放柔了眼神，緩緩地說：「林北北，因爲我心向你。」

這句話像一道鐘響打在我心上，四周嘈雜的聲音瞬間消失，腦海中只有「咚隆」一聲，眼前彷彿閃過什麼鮮活的畫面，無奈消失得太快，我沒能抓住。

「你……說什麼？」我的嗓音不自覺微微發顫，說得太小聲，龍總沒聽見，他正好別過臉，耳朵微紅，「我去給你買冰沙。」

說完他就消失在我眼前，頗有落荒而逃的意味。

我頓了頓，驀然失笑，笑出了眼淚。

忽然，有人從背後拍了拍我的肩，原來是老王不知何時站在我身後。

老王一如往常地笑，我卻覺得有些古怪，比起剛才的燦爛，那笑容似乎多了一絲勉強。

老王指了指牆邊，示意我走到人群外。

離開人群，談話的聲音便清晰許多——但我寧可聽不見。

「北北，我這次回來不只是爲了見你，也是爲了給你這個。」

老王把一張紙條塞給我。

我像被淋了一桶冰水，明明在這樣豔陽高照的白天，卻冷得渾身發抖。

居然，還有第三張？

「你說過，在第三關以前一定要交給你，見不到面的話，傳簡訊也行。」老王臉色凝重，「不過我想當面問問你，這件事還沒解決嗎？這已經是第八次了。」

我不曉得該如何回答，因爲我根本不清楚是什麼事，談何解決？

我沉默地攤開紙條，最後的兩個字是「會死」。

「玩家不要」、「破關」、「會死」。

這就是我想告訴自己的事。

雖然早有預感，如今眞相大白，仍是讓我痛苦不堪。

果然，葉飄流的死亡事件和我有關。

或許還有更多玩家，只是我不記得了。

痛苦之中，卻又有一絲絲，小小的慶幸。

幸好，我從沒想過害人，我一直努力想幫助他們。

雖然我害怕死亡，害怕眞的被唐禿刪除，但我明白，我不可能帶著玩家去送死，我的職業道德不允許，從以前就是這麼被教育的。

我猜想，假如帶他們到最後一關，等著他們的很可能就是黑色軍團的大本營。

黑色軍團雖然發現了奪取玩家身分的BUG，可是BUG不可能隨時隨地存在，否則早已天下大亂。所以要奪取玩家的身分，肯定有什麼必要條件。

那個必要條件，恐怕就在最後一關。

老王用眼神示意我，龍總回來了，我立刻把紙條收起。

龍總走近，我轉身，臉上又是毫無破綻的笑容，接過龍總遞來的飲料。

老王在這方面比我更高竿，三十幾年來擔任領隊NPC的老經驗，令他在玩家面前隱藏情緒易如反掌。他若無其事地和龍總搭話，開懷聊了幾句後，彼此道別。

老王向我投來的眼神沒有透露出半點異樣，只是拍了拍我的肩。

我和龍總繼續四處逛，我拿起手機，「喀嚓！」對著龍總按下快門的瞬間，他正好回頭看鏡頭。

畫面非常好看。

黃昏時分，五彩斑斕的彩帶在橘紅的天空四處飄揚，龍總站在街燈下，華燈初上，鵝黃的燈光映著他的五官，望過來的眼眸有種深邃的淡漠。

我欣喜地說：「快快！你拿著這杯飲料，像網美那樣露出大長腿！」

龍總又無語了。

我來來回回拍了許多張，然後拉著龍總到橋上，這裡視野寬闊，上有天色，下有河川，場景特別好看。

橋上沒什麼人，大家都往廣場去了，正好讓我拍個盡興。

龍總倚著欄杆，偏頭望向廣場上跳舞的人群，我問他：「跳舞嗎？」

我笑咪咪地朝他伸出手。

龍總毫不猶豫握住我的手，遠方傳來慶典的旋律，即使隔得有些遠，愉快的笑聲與樂曲依然清晰。我們隨著節奏旋轉，在彼此靠得最近時，龍總忽然將我攬進懷裡，低頭說：「老王剛才給你什麼？」

我斂起了笑容。

龍總收攏自己的手，不讓我逃離，「林北北，不要騙我。」

我低下頭。

其實，我從一開始就沒打算瞞著他，無論如何，最後還是必須告訴他這件事。

這樣才能讓他主動退出遊戲，再也別回來。

我只是想，再晚一點，就再晚一點吧。

我掙脫龍總的掌控，定定注視著他，「你記得葉飄流身上的紙條嗎？其實那紙條不只一張，我收到了三張，是我在提醒自己，『玩家不要闖關，會死』。」

我毫無保留地說了出來。

「龍總，你走吧，不要再回來了。」

龍總動也不動，凝視著我，「我說過，哪裡都不會去。」

我若無其事地說：「謝謝你的這份心，不過你也知道啊，你不可能永遠待在遊戲裡，人生哪有永遠不別離？好聚好散吧，反正我明白你在外面會過得很好，而我也過得很好就夠了。」

龍總緊緊扣住我的手臂，讓我無法掙脫。

他垂眸看我，神情凜然不可犯，說出的話讓我震愕不已——

「過得很好？林北北，我說了，別騙我，老王剛才傳訊息告訴我，上級逼你破關，否則就要刪了你，他請求我救救你，這就是你所謂的過得好？」

我霎時僵住。

老王知道唐禿威脅我的事，我並不意外，畢竟他在公司人脈極廣，很可能聽過一些風聲。但是，我沒想到他竟然會告訴龍總！

龍總可是玩家，老王不是向來最遵守NPC和玩家之間的分際嗎？還是說，他認為龍總夠厲害，也許能夠救我？

然而我並不這麼認為。

否則我何必大費周章提醒自己？肯定曾經發生過什麼事，讓我不得不下定決心這麼做。

我張了張嘴，又閉上，忍耐一會才說：「我掙扎過……我也不想死，誰不怕死？可是你知道的，我不過是個……程式寫出來的人物，即使被刪除，也不是什麼大不了的事，因爲，我本來就只是你們創造出來的數據。」

「你……」

「我知道，我並沒有輕視自己的生命。」我嚥了口唾沫，視線盯著腳下，胸口難受得不得了，要說出心裡話比想像中困難，「老、老實說，我也想繼續活下去，還有好多東西沒吃過，追的劇也還沒看到結局，甚至都沒好好睡飽過，我捨不得這些……但這幾天下來，我發現我更捨不得你。」

龍總扣著我的手倏然收緊。

我沒辦法抹眼淚，只能低著頭，掩蓋臉上的淚痕，「龍總，你要好好的，沒事的，你別想太多，其實被刪除不像你們所想像的死亡，只是眨眼間的事……」

「別說了。」龍總撇開臉，不容二話地說：「我不會走。」

「龍總……」

「我說，別說了。」龍總身上的低氣壓逼得我喘不過氣，他單方面結束這個話題。

我卻不肯就範，拉住他，艱難地道：「你、你聽我說……現實那邊……還有等著你的、家人……你難道，不管他們了？」

龍總不置一詞，毫無動搖。

他不明白我做了多少取捨，也不明白我說這些話需要耗費多大的決心。
難道眞要我犯罪，讓我帶著你去送死，成爲害死你的殺人兇手？
難道你眞的能拋下現實的一切？這只不過是一場遊戲！
痛苦，恐懼，難受，種種情緒糾纏在一起，我忍不住爆發：「你怎麼能那麼自私！」
龍總一怔，不敢置信地回頭看我，眼眶發紅，像是憤怒至極，又像是極度的傷心，「自私？林北北，那我呢？」
「一直等著你的我算什麼？」
我狠狠一頓。
「這就是我跟你的不同，你能夠衡量取捨，但我不能，因爲我只能向著你走。」
龍總別過臉，抿了抿唇角，又勾起自嘲的弧度，「是你忘記了，無論以前還是以後，你永遠是我的方向，你在哪裡，我就在哪裡。」
龍總極少一次說這麼多話，可字字句句都敲在我心上。
我從沒考慮過他的心情。
我痛苦，他未嘗不是更痛苦。
我的胸口太難受，忍不住嚎啕大哭。
龍總原本氣到極點，臉都不肯轉過來，握了握拳，他最後還是轉身僵硬地對我說：「別哭了。」

我也不想哭，但就是忍不住。龍總深深嘆了口氣，怒氣都被我哭沒了，「我去給你買吃的，不哭了。」

我抽噎著說：「把、把我當成小孩嗎？」

「所以，不吃？」

「要吃。」

「……我去買。」

「等等。」我喊住他，「我先把冰沙喝完，都要融化了，你也幫我喝幾口。」

龍總無奈地就著我的手吸了幾口，我注視著他滾動的喉結，不再大聲哭泣，眼淚卻掉得更凶。

龍總臉色微變，身形有些不穩，踉蹌兩步靠在橋邊。

他費力地按著腦袋，目光抓不住焦距，意識逐漸渙散，茫然無助地看我。

我淚眼模糊地摸了摸他的臉。

身爲一個反派NPC，劇本裡有些陷阱是由我來出手，例如列車上那個迷藥，正是我趁上廁所時，放進了出風口。

所以，我身上必備迷藥。

想當時迷藥一放，全車的人立刻昏迷，我剛才偷放進冰沙裡的劑量不少，龍總能撐這麼久不倒，已是極限。

我的手順著龍總的臉龐慢慢往下滑，碰到他的胸口，接著用力一推，把他推下了橋。

龍總往後墜落，在昏厥前的一秒，不敢置信地直盯著我。

我無聲地說：「不要回來了。」

你說的對，我自私，我跟你不同，我要你好，你就得好。

龍總的身影逐漸被河水淹沒，直到完全滅頂，消失在我的眼前。

一分鐘……兩分鐘……三分鐘，河裡浮現藍光，出現紅色的死亡訊號，玩家被強制遣返。

我心痛如絞，雙腿一軟，跪在橋邊，抓著欄杆放聲大哭。

如果願望需要代價，我願用一切交換，換你天天開心。

# 尾聲

回到家中，我倒在床上，沒有絲毫掙扎地閉上眼睛，等待明天的審判來臨。

不知不覺，意識飄忽，再次醒來時，我感覺身體輕飄飄的，猶如浮沉在水中。

我驀然驚醒，「龍總！」

我夢到自己在最後一刻跳下河把龍總救起，睜開眼卻發現自己處在一個全黑的環境——說是全黑也不盡然，虛幻的空間裡，地上布滿星星般的光點，這些光點形成了一條河，蔓延到遠方。

像是銀河。

我記得自己原本躺在床上，等待明早被系統刪除記憶，可能還要面對唐禿的判刑，怎麼會突然來到這裡？這是哪裡？

我默默坐起身，地上那些銀色星星竟隨著我飄浮起來，漸漸膨脹成一顆顆氣球似的光圈，光圈牽連著數條銀線，連結上我的身體，飄浮在我的四周。

我下意識伸手碰了碰其中一個氣球光圈，眼前頓時展開一幅彩色畫面，如幻燈片般播放。

是海邊，耳邊傳來浪潮的聲音。

畫面裡，「我」一臉無趣躺在沙灘椅上，望著炎熱的海灘，不遠處有個青年捧著剖開的椰子朝「我」跑來。

「北北！我來了！我給你帶了椰子汁，賞個臉喝一口吧！」

嗯？這個人不是葉飄流嗎？

葉飄流特別狗腿地繞著「我」轉，「我」冷冷瞟他一眼，沒有接下。

奇怪，這是什麼時候的事？我怎麼會完全沒有印象……話說回來，椰子汁看起來好好喝呀，「我」爲什麼不喝？這個人絕對不是我！

葉飄流失望地放下椰子，轉身離開。

「我」拉下墨鏡，見葉飄流沒注意這邊，再看向被擱在桌上的椰子，立刻湊過去猛吸了好幾口。

……這絕對是我沒錯。

我又碰了其他幾個氣球光圈，全部都是「我」與一些素未謀面的玩家的相處片段。

我赫然明白，這些是我被系統刪除的記憶，也就是我和那些已經破關，或者已經死亡的玩家的記憶。

看著看著，我忽然注意到這些銀色光圈中，有幾個忽明忽滅的紅色光圈，連結的線也是紅色的。

我抓住紅線，拉過來細看，紅色光圈竟然還泛著一圈不祥的黑色，教人心驚。我有不好的預感，卻還是沒忍住碰了一下——

畫面裡，是最後一關的馬瑞拉神殿。

「我」擋在滿臉驚恐的玩家面前，眼前是黑色軍團的成員之一——梅杜莎蛇妖。

我大吼：「別動他！」

梅杜莎蛇妖尖銳地笑道：「嘻嘻嘻，來不及了。」

玩家原本癱軟跪地，卻突然雙眼無神地朝梅杜莎蛇妖走去，「我」中了蛇妖的石化術，控制不了身體，只能拚命喊叫：「不！別過去！」

玩家渾渾噩噩地來到了梅杜莎蛇妖面前，接著，她張開血盆大口，尖利的牙齒咬住他的臉，硬生生剝了下來，玩家頓時血肉模糊，瘋狂尖叫。

梅杜莎蛇妖嚼了他的肉，狂妄地大笑：「我感受到了！哈哈哈！我感受到了力量！我也是有力量的人了！哈哈哈！」

「我」絕望地倒臥在地，梅杜莎蛇妖爬過來，蛇尾拍了拍「我」的臉：「陰兵那傢伙說的沒錯，你叫北北是吧？確實有點玄啊，只有你帶到這裡的玩家有用，其他人帶來的都不行……謝謝你嘍，小朋友，呵呵。」

原來，讓黑色軍團得到BUG的，是我。

害玩家慘死的人，也是我。

難怪我在失憶之前，千方百計要阻止自己繼續帶領玩家破關……幸好，龍總已經離開了。

我心裡難受，又有股說不上來的寧靜，這條銀河給人謎樣的感受，踩在上頭的感覺有些飄飄然，恍若夢境。

待得越久，我的心情越發平靜。

它不只承載了記憶，似乎也控制著喜怒哀樂，我的意識慢慢抽遠，達成了恆定。

我被這些氣球光圈引領著，踩在銀河上往前走，走著走著，遠方變得寬闊，黑壓壓一片，看起來像是——深夜的海面？

難道，這裡是傳說中的「記憶體之海」？

據說系統裡有一個NPC無法抵達的領域，叫做記憶體之海，存放著所有被系統清除的「垃圾」，包括「記憶」和「被刪除的NPC」。

由於從來沒人能證明見過記憶體之海，所以只是都市傳說……現在看來，確實真的存在？

我好奇地繼續向前走，越走越近，記憶體之海也似乎越來越寬闊，神祕而富有吸引力。我不自覺跑起來，想往海裡奔去。

一路上，銀河裡的星星越來越少，身邊的氣球光圈也一個個飄走，曾經的記憶離我遠去，連空氣都變得稀薄。我艱難地呼吸著，在快要接近大海的時候，眼前忽然飄過一條金色絲線。

我原本十分迫切地想要闖進記憶體之海，此刻卻被這條輕飄飄的金色絲線引走注意。

我抬頭，高空中飄著一顆異常美麗的金色光圈，它的光芒溫暖柔和，讓人嚮往，宛若天堂。

它越飄越高，我忍不住跳起來，想要抓住它。但它飄得太高了，我怎麼碰也碰不到。

我連跳了好幾下，可是距離越差越遠。

我心裡很清楚，我永遠都抓不到它，卻不死心地一直跳。

自從來到這裡，我始終心如止水，眼下卻感到一絲焦躁。我跳了又跳，一次比一次更無力，光圈也一次比一次更遠。

汗水從額間滑落，我無比疲憊，步伐越發沉重，直到跳不起來。

我跌坐在地上，心裡泛起濃烈的不甘，像個拿不到玩具的孩子般哇哇大哭。

我不知道自己哭了多久，只知道我很傷心，難以形容的傷心，胸口悶得有如失去了全世界。

忽然間，細細的搔癢感掃過我的臉頰。

一開始我以爲是錯覺，隨後我睜開眼，才發現那條金色絲線就在面前！

怎麼掉下來了？

我懵然地伸手一撈，掌心竟穿透了絲線，絲線是透明的，根本抓不住。

我感覺被全世界背叛。

我一咬唇，又要繼續哭，這時金色光圈卻莫名地迅速往下降，直直朝我撲面而來——

眼前驀地一亮，畫面裡是「我」正仰躺在沙發上翻著雜誌。

門口傳來鑰匙開鎖的聲音，「我」沒有抬頭，彷彿早就曉得是誰即將推門而入。

「我」津津有味地看著雜誌，對那人喊道：「我想去旅行！」

剛進門的人頓了下，解開外套，掛在衣架上，語氣有些無奈，「怎麼突然？想去哪？」

對方頓時默了。

「我」一臉認真地說：「公司樓下新開的包子店，去嗎？」

我愣看著畫面，進門的是龍總。

這是我和龍總之間的記憶。

我們的確認識，甚至曾經住在一起，原來我早就帶他進入過NPC居住區了嗎？

金色光圈再次發亮，跳到另一個畫面。

龍總敲了敲「我」的房門，開門問：「你生日那天想怎麼過？」

「我想要整天都很開心，像整座城辦嘉年華會那樣！」

龍總倚在門板上，思索，「辦嘉年華會有困難，帶你去看極光？」

「……看極光不困難嗎？」

畫面忽然出現雜訊，眼前的場景一明一滅，最終消失，眨眼間，我又回到了黑色的海域。

我回過神，眼前飄晃的金色光圈變得很小很小，光芒逐漸黯淡，彷彿隨時會熄滅。

不行、不可以！我要記得這些畫面，絕對不能再忘記龍總一次！

我拚命地想抓住金色光圈，這猛地一抓，卻令光圈驀地在我手中被捏散了。

它化爲金色光芒，最後一次照亮我的眼前——

畫面裡，「我」坐在辦公椅上旋轉著椅子，一手把玩著一個頭盔，一手低頭傳訊息，聯絡人那欄寫著「小棠」。

「我」迅速打字：「求救，我忘記帶鑰匙了QQ」

另一端很快回覆：「下班接你回家。」

「我」：「順便去買轉角那家豪華三層日式便當。」

「我讓Johnson先去排。」

「好了，我要進遊戲了，你不是說企劃那邊有個新角色想讓我第一個測試？」

「我」偷偷笑了下，「小棠，我怎麼聽說這個新角色好像也叫北北？這是不是我的生日禮物呀？」

這次另一端隔了很久才回覆。

「別廢話，玩完告訴我感想。」

「哦，晚點見\(*ˋωˊ)/」

「晚點見。」

畫面漸漸淡去，我站在空無一人的海域，曾經美好的場景歷歷在目，我震愕不已，洶湧的淚水潰堤。

原來，我曾經是玩家。

我也是被困在遊戲中，再也出不去的一員。

龍總在找的，就是我。

我想起龍總在橋上憤怒地質問：「那我呢？一直等著你的我算什麼？」

我又把他弄丟了。

這一刻我終於明白，自己抓不住金色光圈的原因——因爲我已經守不住這段記憶。

那是我回不去的地方。

# 尾聲之於此同時的現實世界

葉奇朗從床上醒來。

「醒了！醒了！」著急的葉母按下護士鈴，嚴肅的葉父眼眶布滿血絲，緊緊握住他的手。

葉奇朗渾身乏力，醒來時還有些迷迷糊糊，不明白發生什麼事，只記得好像做了一個很長的夢。

父母告訴他，他突然昏倒在電腦前，然後便昏迷不醒，持續了一個多月，始終檢查不出結果，只能初步判定可能是過勞。

葉奇朗愣了會。他一個大學生，有什麼好過勞的？是最近田徑練太凶嗎？

「你看，我就說不要去念什麼體育大學，把我兒子都搞生病了！」葉母抹著眼淚，對著葉父埋怨，葉父沉默不語。

葉奇朗頓時急了，「媽！我沒事，妳不要不讓我跑步啊，我還想著以後要進國家隊耶！」

葉母瞪了他一眼，「我怎麼會不知道？不知道還會讓你去嗎？」

葉奇朗不敢說話了。

後來葉母去裝水的時候，葉父揉揉他的腦袋說：「你媽是擔心你。」

葉奇朗點點頭，「我知道。」

說完，葉奇朗陷入沉思。

眞奇怪啊，他向來身體好，從小到大連感冒發燒都沒幾次，再加上平時一直有在受訓，照理說應該不會無緣無故昏倒，而且還昏迷了一個多月？根本都要變成植物人了！

葉奇朗留院觀察了一個多禮拜，多重檢查過後確定身體各項指數都毫無異常，除了因爲一段時間沒下床行走，四肢無力之外，其餘一切正常，就連主治醫師也覺得相當古怪。

葉奇朗回了學校，受到室友們熱烈歡迎，其中一個說著說著還哭了。

葉奇朗笑道：「哈哈！胖子！想不到你這麼愛我，說什麼找不到女朋友，該不會是偷偷暗戀我吧？」

胖子揍了他一拳，哽咽著笑說：「白痴喔！誰管你啊？我是怕你掛了我們宿舍的單身狗剩我一個啦！」

「靠！梁亮宇、何涵，我都躺一個月了，你們兩個還沒人分手啊？」

「哈哈哈！葉奇朗，你可以再嘴賤一點！」

一群人又笑又鬧，中午一起吃了頓牛排，當作慶祝出院。

葉奇朗吃飽喝足，幸福地摸著肚子，不自覺心想：眞好吃啊，如果「他」吃到這個一定很開心……嗯？「他」是誰？

葉奇朗忽然恍惚，不記得自己腦海中閃過的身影是什麼人，他印象中身邊沒有人特別愛吃牛排，又總覺得自己似乎忘了十分重要的事。

葉奇朗晃了晃叉子，「喂，我問你們，我是在宿舍突然昏倒對吧？」

「對啊！嚇死我了！還以爲我們這間要變成凶宅了！」

「哈哈哈，別吵、別吵！我那時候在用電腦對吧？畫面上有什麼嗎？」

「是沒看到你在看A片啦，褲子也穿得好好的。」梁亮宇賊笑。

「呸呸呸！白痴喔！誰問你這個？我是說，我有沒有可能是在打遊戲的時候受到什麼刺激啊？例如被雷隊友氣到腦中風什麼的……」

胖子思考一會，「雷隊友？應該沒有吧，我看你戴著頭盔，應該是在玩那個什麼很紅的實境遊戲《虛擬大陸》？那不是單人遊戲嗎，你忘啦？你這幾個月玩得很凶，天天都在玩耶。」

何涵沉默一會，跟著道：「話說，我好像看過那個遊戲出事的新聞……有可能是這個原因嗎？」

梁亮宇傻眼，「不是吧，玩個遊戲而已，還能變成植物人？」

葉奇朗陷入沉思。難道眞的跟遊戲有關？

因爲他現在仔細一想，竟然完全沒有玩遊戲的記憶！

如果說是由於某種原因昏迷，才會導致失憶，那又爲什麼他其他事情都記得清清楚楚，唯獨忘了跟遊戲有關的事？

自己在遊戲中，究竟發生了什麼事？

葉奇朗越想越不對勁，感覺答案呼之欲出，只差臨門一腳，偏偏就是想不起來。

在和室友們走回宿舍的路上，他們經過一排行道樹，忽然吹來一陣風，樹葉紛紛簌簌落下。

見到落葉的瞬間，葉奇朗腦中「噹」一聲，掠過無數畫面——

他初次進入遊戲，在市集中央看見一個特別吸睛的美人NPC，美人NPC站在大樹下，落葉紛飛，薄透的衣襬飄揚，場景美得恰如其分，讓美人NPC冷若冰霜的臉龐變得如夢似幻，整片落葉彷彿美人的專屬背景。

葉奇朗幾乎第一眼就迷上了這個美人NPC。

只是不管他怎麼獻殷勤，美人NPC始終冷冷淡淡，不過在他沮喪時，又會適時給予他回應，他覺得自己就像迷上高不可攀的女神的粉絲，能給女神提鞋都心甘情願。

當天晚上，葉奇朗立刻修改了自己的遊戲名稱，改爲「挖系葉飄流」。

葉奇朗剛取完名便興奮地告訴室友。

胖子傻眼，「你取這個名字跟你遇到那個美人有什麼關係？」

葉奇朗得意洋洋地說：「那個追不到的美人就像落葉一樣，有沒有聽過一句經典的話？『葉子的離開，是風的追求，還是樹的不挽留？』所以，我決定叫葉飄流，怎麼樣？浪漫吧？」

梁亮宇大笑：「哈哈哈！浪漫個頭啦！超級中二！前面還加個挖系是怎樣？硬要五個字，以爲自己日本人喔！」

葉奇朗覺得這群室友沒什麼文學氣質，不想跟他們計較。

此後，葉奇朗開始日日夜夜玩遊戲，把美人NPC當作女神，天天追星，雖然美人是男的，但長相完全不輸給那些知名的宅男女神。

再後來，葉奇朗爲了待久一點一直沒破關，玩了幾個月才到第二關，而在第二關，他遇見此生遭遇過最恐怖的事——

那個嚇死人的黑色軍團，要命的暴雪怪物，活生生把他掐死了！

葉奇朗倏地從回憶中驚醒，臉色慘白，想起了遊戲中的一切。

他得立刻告訴遊戲公司裡頭發生的事，以免有更多玩家受害！

「你們先走！我有急事要處理！」說完，葉奇朗拋下愣住的室友們，急匆匆在路邊攔了輛計程車，用手機查詢遊戲公司的地址後，奔馳而去。

葉奇朗一路來到遊戲公司樓下，仰頭望著高達數十層樓的高聳建築。簡潔的銀白外觀，充滿質感的架構，無一不透露出尊貴的氣息。

從滿腔熱血中回神，葉奇朗突然孬了。

他腦子一熱就殺過來了，但是，這麼大一間公司會理他嗎？被發狂的NPC殺死？誰會相信他說的話？

葉奇朗在大門口掙扎許久，看著來來往往的人群，想到遊戲裡所有玩家可能面對的威脅，他拳頭一握，終於還是鼓起勇氣踏出腳步。

他是爲了全人類玩家的未來！沒什麼好怕！

自動門左右開啟，清涼的冷氣迎面而來，伴隨著淡淡清香。

葉奇朗左顧右盼，瞧見了客服櫃檯，左邊是商品販售區。兩旁的警衛見他模樣鬼鬼祟祟，沒有阻攔，只是盯著他不放。

葉奇朗渾身起雞皮疙瘩，舉步維艱，硬著頭皮走向櫃檯。

櫃檯小姐親切地笑問：「您好，請問有什麼需要協助您的地方？」

葉奇朗滿臉赤紅，坑坑巴巴地道：「那個、妳好，我有玩《虛擬大陸》，我是你們的玩家……那個，我想說遊戲有點問題……不是，我是說……呃，我之前在遊戲裡被NPC殺死了，然後昏迷一個多月才醒來……我說的不是正常的殺死，他們把我殺死之後，我就被困在遊戲裡面出不來，是後來有其他NPC幫助我，我才能離開遊戲，最後才醒過來……」

葉奇朗越說越心虛，覺得自己腦子裡明明想得很清楚，但怎麼越說越像奇幻故事？這樣講誰信啊？

櫃檯小姐先是訝異一瞬，接著全程保持微笑，耐心地聽他說完，才道：「好的，謝謝您如此詳盡的說明，對於給您帶來這樣的遊戲體驗，我們感到非常抱歉，我們會盡力爲您處理。請稍等，我將立刻爲您轉述給相關部門。」

葉奇朗愣了愣，只見櫃檯小姐拿起話筒撥了個號碼，把他剛才的胡言亂語條理清晰地陳述了一遍。

葉奇朗眼冒愛心，感覺自己又要戀愛了。不愧是這麼大的遊戲公司，櫃檯小姐又美又專業，怎麼能把他那番胡言亂語用人話說出來呢！

葉奇朗被領到沙發區坐下，在等待的期間，他又開始坐立難安。不久，電梯門開了，一名西裝筆挺的眼鏡男匆匆走過來。

眼鏡男走到他面前，「您好，請問是葉先生嗎？」

葉奇朗僵硬地點頭，眼鏡男看似嚴肅，笑起來卻十分親和，「您的問題我明白了，請跟我進來詳談。」

葉奇朗同手同腳地跟著眼鏡男往公司裡頭走，沿路不停有人和眼鏡男點頭打招呼，態度恭恭敬敬，一看就知道眼鏡男是公司高層，惹得葉奇朗更加緊張。

眼鏡男帶領葉奇朗進入貴賓室，只見桌上擺著茶水點心，旁邊有一張大型米色沙發。

眼鏡男替他倒了可樂，還給他幾條巧克力，這些顯然不是一般公司會用以招待客戶的零食，多半是特地爲還是學生的他而準備，如此細心周到的安排，令葉奇朗漸漸放鬆下來。

眼鏡男詢問：「您大概是多久以前進入遊戲的呢？」

葉奇朗照實回答，並且把他在遊戲裡的經歷都告訴眼鏡男。

眼鏡男細思一會，對他說：「我們曾經懷疑遊戲有BUG，但無論測試多少次，系統都顯示正常。」

葉奇朗驚訝。

眼鏡男說：「我們派了許多測試員進入遊戲調查，卻沒有任何證據指向哪個環節有問題，我們也試過關閉伺服器，系統卻不讓我們關閉，數據始終顯示『仍有玩家在遊戲中，無法進行關閉，以免玩家無法登出』。這樣看來，可能是還有像你這樣的玩家困在遊戲裡面。」

葉奇朗震驚不已。沒想到竟然是這樣！

「葉先生，很抱歉讓您遇到這樣的事，我們會依照您提供的建議，繼續加派測試員進入遊戲，以盡快查明原因。除此之外，我們也相當有誠意爲您蒙受的損失提供賠償，明日法律部門人員將會主動聯絡您……」

「那個……」葉奇朗忍不住打斷他。

「請說。」

「請問，你們還有在徵測試員嗎？」

眼鏡男原本推著眼鏡，差點手滑，「葉先生，您不擔心嗎？您才剛離開遊戲。」

葉奇朗猛地搖頭，「沒事、沒事！我本來就想快點再進去遊戲，因爲裡面還有我的朋友。而且，目前看來只有我有成功離開遊戲的經驗，應該多多少少能幫上一點忙吧？更重要的是……我一個人進去，有點怕怕的，哈哈……如果能跟你們合作，至少再發生危險的話，可以即時通知你們，對吧？」

離開遊戲公司時，葉奇朗還有些飄飄然，太不眞實了。

他居然眞的成了遊戲測試員！

公司大手筆一次給了他十二支玩家手機，大幅降低弄丟的可能性，而且他打算進入遊戲後，就先把手機交給警察NPC保管，這樣就再也不怕弄丟了！哈哈哈！

不過，高層在同意他擔任測試員之前，告知了其中的風險——曾經有一個測試員疑似遇到和他一樣的情況，在進入古狗伺服器後陷入昏迷，至今尚未清醒。

葉奇朗聽完卻沒有猶豫，反而更加堅定了重回遊戲的決心。

他不希望再有玩家受害，也希望受困的人能有機會回來。

返回宿舍，葉奇朗沒對室友講得太詳細，畢竟這是公司機密，加上有一定的危險性，他不希望室友擔心。

葉奇朗感覺自己像是隱姓埋名拯救全人類的蝙蝠俠。

他照著眼鏡男的指示，準備先到遊戲官網把每一支玩家手機都與自己的帳號連結。點開官網，介面相當精緻華麗，BGM落下，遊戲裡的3D人物躍然於眼前，栩栩如生，還有許多與各大知名企業合作的廣告。

葉奇朗心想，眞有錢。

正當他感嘆時，畫面跳出遊戲公告，內容表示近日遊戲維修中，請玩家不要登入，有任何問題請隨時撥打二十四小時客服專線。

葉奇朗關掉公告，正尋找連結帳號的選項時，注意到網頁下方有一則新聞影片，上頭亮起紅字，寫著「LIVE直播」。他正要滑過，卻不經意地看見了影片內容。

「爲您插播一則最新消息，蟬聯遊戲界指標三年的《虛擬大陸》近日有了最新消息，其製作公司『指北針』娛樂股份有限公司的執行長，龍棠，日前親自進入遊戲進行日常測試，已於剛才甦醒——」

畫面中是指北針執行長幾個月前接受採訪的片段。

葉奇朗第一眼認出站在執行長旁邊的祕書正是眼鏡男，眼鏡男胸前的名牌寫著「Johnson」，讓他忍不住多看了兩眼。

自己今天竟然跟這樣的大人物說話了！

接著，鏡頭往左移，執行長的臉入鏡。執行長出乎意料的年輕，黑髮，眼神冷冽，襯衫剪裁俐落。他雙手交扣坐在總裁椅上，神情寡淡的側臉看向戰戰兢兢的祕書。

眞正讓葉奇朗震驚的，不是他的年輕，而是他的長相。

葉奇朗險些從椅子上摔下來，忍不住大叫：「這、這不是大哥嗎！」

腦袋嗡嗡作響，他終於想通了一切。

原來「龍總」不是名字，而是職位！

這位不是玩家，而是老闆啊啊啊！

# 尾聲之一個禮拜後的遊戲世界

一個禮拜後，龍棠準備齊全，再次登入遊戲，憤怒地來到市集，抓住膽敢將他推下橋的罪魁禍首。

那個美麗的罪魁禍首一臉茫然，明明整個人都在發抖，卻仍強撐起高傲的姿態，偷瞟幾眼他頭頂上的名字，說道：「哼，龍姓玩家，居然敢一來就抓住本公子，快放手，你這是在玩火！」

見對方眞眞實實地被系統刪去記憶，再次忘了自己，要不是有結婚綁定，自己差點就永遠失去他，龍棠不由得怒火攻心，「林北北，這是你最後一次甩開我，否則，我一定玩你。」

林北北被罵得一縮，孬了，偷偷抬眼覷他，「你……爲什麼知道我的名字呀？你到底是誰，怎麼這麼凶……」

龍棠冷冷地說：「你老公。」

果然，結婚綁定是必要的，死亡也不能將他們分離。

（未完待續）

# 番外 向北前行

龍棠第一次注意到「林北北」這個名字，是因爲教室後排桌子砸下來的聲音太吵。

「砰！」巨響傳遍了教室，原本鬧哄哄的室內瞬間安靜，所有人看向後方被一群人圍著的那個座位。

被圍繞的少年坐在椅子上，垂著頭，緊抓制服褲管，面前的桌子被人推倒，始作俑者們嬉笑怒罵道：「林北北，怎麼又不吃早餐啊？」

「哥會心疼知不知道？」

「是啊，你不帶來，我們怎麼吃啊？」

叫做林北北的少年一語不發，縮在位子上瑟瑟發抖。

龍棠隔著三排座位，冷冷地旁觀著這一切。

和這個同學同窗一年，他是第一次留意到對方的名字，更別提記住對方的臉。

林北北劉海很長，幾乎蓋住整張臉，加上一直垂著頭，顯得特別陰沉。

龍棠在心裡冷哼，向來冷漠的眼神流露出一絲淡淡的不屑。

與長相無關，龍棠單純對這種人看不上眼，明明可以反抗，卻放任他人欺負自己。

別人欺負你，你不反擊，那就是活該。

龍棠這輩子未曾遷就過任何人，他出身優渥，家世非凡，生來就是別人看他臉色。

欺負林北北的小團體似乎特別在意龍棠，時不時往他這邊瞟，發現龍棠在看，又察覺他掃過林北北的目光睥睨，他們頓時亢奮地激動起來，急著想提供一場更刺激的表演。

「喂！吵到我們老大睡覺了，快道歉！」有人踹了椅子，「快道歉啊！別裝聾！」

林北北一語不發，只在他們特別大聲或動手動腳時抖一下身體，其餘毫無反應。

龍棠收回視線，沒再理會身後的吵鬧。

林北北這樣的人，對他而言就像腳下的汙泥，他沒放在眼裡，更不願沾染。

放學後，小團體簇擁著龍棠走向校門，沿路上吸引不少欣羨的目光。他們洋洋得意，為跟龍棠「同一個圈子」沾沾自喜，就算一路上龍棠半句話也沒說，甚至連一個眼神也不曾施捨。

抵達校門，在門邊等候已久的司機接過龍棠的書包。

「老大再見！」他們吼得大聲，在轎車後面拚命揮手。

司機從後照鏡瞧了瞧龍棠的臉色，問：「少爺，您不高興的話，需不需要我去提醒他們？」

還是跟了龍棠十多年的司機老練，立刻看出他的不耐煩。

龍棠抬眼，從後照鏡對上司機的眼睛，只說一個字：「誰？」

司機頓時領會他的意思。

「是，我明白了。」

意思是無關緊要，不必放在眼裡。

這天之後，小團體找到了新的樂子。

「喂！林北北！看到我們老大不會打招呼？」

龍棠走在走廊上，原本沒注意旁邊唧唧喳喳的一群人，直到被這麼一提及。但他聽見了，卻腳步未停，逕自前行。

林北北則低著頭，朝龍棠的反方向快步走過。

「老大！你看他多沒禮貌，要不要我們替你教訓他？」

「對啊、對啊！教訓他！教訓他！」

很吵。

見龍棠蹙眉，那群人誤以爲是對林北北的不悅，以爲找到了邀功的機會。

當天下午，龍棠漫步到校園後方的樹林圖個清淨，正想睡午覺，突然聽見有人在叨叨絮絮些什麼。

明明是碎碎念，卻不讓人感到煩躁，聲音很甜，像是森林裡的鳥鳴。

龍棠起身，不自覺尋找聲音來源，找了會，發現在垃圾場那邊。

越過榕樹，他瞧見林北北正踮起腳尖踩在凳子上，翻找垃圾車裡的垃圾。

龍棠深深皺起眉。

他這輩子碰都沒碰過垃圾蓋，更別提把手伸進垃圾車，此時看林北北整隻手探進去翻找，他不禁心生嫌棄。

接著，他又看到林北北從垃圾車裡撈出書包、課本、鉛筆盒……

怎麼回事？龍棠心中一把無名火升起，比目睹林北北翻垃圾時更甚。

他已經猜到了原因，八成是這個不懂得反抗的弱者又被欺負了。

林北北把灑出來的東西一個個放回書包，嘴裡說著什麼聽不清楚，龍棠再度不自覺地更往前一步。

他以為林北北在哭，林北北卻從垃圾車裡翻出福利社賣的便宜麵包，表情驚喜，聲音也明亮許多：「找到了！」

「小莓你在這裡呀。」

「還好有包裝袋，包裝袋真是好發明。」

「等我把你洗乾淨就沒事了呀。」

原來林北北是在自言自語這些，語氣俏皮、自得其樂，笑得真心實意。

龍棠說不上心裡是什麼感覺，古怪、衝擊、呼吸急促……他下意識跟著林北北，只見林北北把麵包拿到水龍頭底下沖，再用肥皂洗了洗手，接著拆開包裝，津津有味地吃了起來。

他應該要覺得噁心，丟進垃圾桶裡的東西無論是否完好就已經是廚餘，但是在林北北咬下麵包的瞬間，夏季的暖風吹過，那藏在劉海下的一雙桃花眼笑得瞇了起來，白皙的臉龐在陽光下顯得粉潤光澤，有著小梨窩的唇角勾起可愛的弧度，讓龍棠瞬間忘了思考。

他曾經以爲自己不在乎外表，但他錯了。

有些人的笑容如天上第一抹晨光破雲而出，讓觀者移不開目光，不想錯過一分一秒，只想記住每個瞬間。

當晚，龍棠仰躺在床上左思右想，不理解爲什麼有人被這麼對待還笑得出來。

一直到清晨，他都沒找出答案，朦朧間還夢見一道在他面前繞來繞去的粉色人影。

龍棠問夢裡的人：「你爲什麼會笑？」

對方看也沒看他，從他身邊走過。

龍棠這輩子從沒被這麼對待，他不肯承認這種感覺叫撓心撓肺，隔天醒來還因此生悶氣，整天都不肯多瞧林北北一眼。可是到了放學，他又想起，他們根本連一句話也沒說過。

龍棠鬱悶。

龍棠心想，到底是什麼樣的家庭會生出林北北這樣無憂無慮的小孩？甚至還有膽子不理會自己，也沒主動跟自己說過半句話。

由於學校的校長是他的叔父，所以龍棠輕而易舉得到了林北北的個人資料，這是他此生唯一一件不該做的事。

卻也是在很久以後，即使懷著罪惡感，他仍是暗中慶幸還好有做的事。

林北北出生在清寒家庭，父母都是工人，因為工作的關係經常去外地，讓不到十歲的林北北獨自在家。有時他們甚至會忘了留飯，或者沒注意到囤放的食物早已過期，好幾次驚動了鄰居，警方獲報懷疑虐童，林北北差點被社福中心介入安置。然而林北北始終否認這是虐待，認為父母只是忙碌辛勞，並未缺乏關心，因此疑似虐待事件無疾而終。

再後來，林北北的父母在工地出了意外，父親當場過世，而母親拖了幾個月，也離開人世。於是林北北寄居在舅媽家，直到去年考上明星高中，憑著獎學金在校外租屋，目前獨自生活。

備註那欄寫到，林北北可能患有輕微創傷後壓力症候群，潛意識害怕飢餓，任何食物都會往自己嘴裡塞，因此需要校方多加留意。

得知真相後的這一個禮拜裡，龍棠總是翻來覆去睡不好覺。

若不是注意到林北北長得好看，他或許還會繼續對林北北的一切冷眼旁觀。

曾經他自以爲是地責怪林北北不懂反抗，認爲是對方自己選擇這樣的生活，可如今知道林北北有多堅強面對自己的人生後，他動搖了。林北北已經過得這麼辛苦，誰還忍心要他再多承受那些本就不是他該受到的欺凌？

是世界不善待林北北，林北北從來沒有錯。

而不只是對林北北，從以前到現在，他做了多少藐視他人的事？

身爲天之驕子的龍棠，頭一次爲自己的膚淺和高傲感到羞愧，好一段時間都無法面對這樣的自己。

之後，龍棠開始默默爲林北北做事。首先第一件事，就是解決那些霸凌者。

這天下課，教室後方又吵鬧不休。

「頭髮這麼長，該不會是女生吧？」

「脫褲子、脫褲子、脫褲子！」

「你們在做什麼！」理應在導師室的班導突然進門，嚇了所有人一跳，頓時沒人敢講話。

小團體被狠狠訓斥一頓，一人一支警告處分。

有人因此憤怒，怪罪到林北北身上，隔天變本加厲地欺負他，結果……

「你們又在做什麼！」隨著班導的大吼，處分加重，每人再多一支小過。

每天都是同樣的情況反覆上演，之後那群人只要一聽見「你們在做什麼」都有心理陰影，有人甚至集滿三支大過直接退學，從此再也沒人敢找林北北麻煩。

當然，每一次班導的即時出現，都是龍棠找來的。

從前龍棠不屑打小報告，他和所有同學一樣，認爲那是小人才會做的卑鄙行爲，可是他現在清醒了。

校規堪比法律，不守規範就該由制裁者來給予適當的處置。即使他自己出面幫助林北北，也只是以另一種暴力來抑制暴力，況且他無顏見林北北，並不想被林北北知道幫他的人是自己。

這不是幫助，只是一廂情願的贖罪而已。

接著，龍棠又注意到林北北從不吃早餐，他想，林北北不是最怕挨餓嗎？又觀察了幾天，龍棠發現林北北或許是想省錢，球鞋都破了洞還在穿，制服也是同一件不曾替換，時常見他穿著尙未晾乾的制服，半透明的，讓人莫名惱火。

龍棠不清楚林北北的尺寸，無法替對方買制服，但他可以爲他送早餐。

這幾天，龍棠清晨就來到學校，全校第一個到校。

天還沒亮，在昏暗的教室裡，龍棠第一次往北北的抽屜放早餐。

龍棠沒發覺自己雙手微微顫抖，就像偷偷在心儀對象的抽屜裡塞情書那樣緊張不已。

過了一段時間，陸陸續續有人進教室，林北北幾乎一來就發現抽屜裡有一份熱騰騰的早點。

林北北驚呼出聲：「誰呀？」

龍棠抖了下，藏在桌下的手握緊拳頭。

林北北問周遭的人，沒人承認，直到第三節下課，眼看都要吃午餐了還無人認領，秉持著不浪費的精神，林北北開心地吃了。

第二天，依舊如此。

第三天，還是如此。

林北北終於發現不對勁，「是誰一直給我送早餐啊？」

隔壁桌的同學笑道：「哎唷，不會是暗戀你的人吧？」

林北北最近和班上同學關係很好，有不少人主動向他道歉。之前大家害怕被那群人霸凌，不敢替他出聲，因爲曾經有人試過勸阻，卻反過來被冷落欺侮。

林北北對那些來道歉的人都說同一句話：「雖然有點不開心，但算了，我能理解。」

龍棠慶幸他的大度，也氣他的大度。

慶幸他不責怪，又氣他不責怪，左思右想，搞得龍棠又一整個禮拜沒睡好。

送早餐的第九天，龍棠一如往常第一個到校，最近天氣比較冷，經常看見林北北搓手，所以他買了熱粥，裝在保溫罐裡維持熱度。

龍棠正熟門熟路地準備往抽屜放熱粥時，林北北忽然從教室後門出現了。

「原來是你！」

龍棠手一抖，打翻熱粥，淋了他整條腿。

林北北大叫，臉上血色盡失。

龍棠知道林北北有多麼愛惜食物，就連被扔進垃圾桶裡的麵包都不浪費，一見林北北變臉，龍棠腦子一抽，不顧被燙傷的疼痛，從未向任何人低頭的他幾乎脫口而出：「對不起……」

林北北似乎沒聽見，衝過來驚慌地喊：「快沖水啊！站在這裡做什麼！」

林北北抓住龍棠的手腕，拉著他跑向教室外的洗手臺。

兩人在走廊奔跑，龍棠感覺林北北的指尖微涼，自己被抓住的手腕卻熱得發燙。

龍棠心跳如擂鼓，此時的他並不知道，從今以後他的人生便像現在這樣，義無反顧地朝未曾想過的方向奔馳而去。

在洗手臺沖水時，林北北問龍棠：「你爲什麼要給我送早餐呀？」

龍棠繃著臉，答不出來。

林北北想了想，歪著頭問：「對了，你叫什麼名字？」

龍棠沉默一會才憋出一句話：「我們同班一年多了。」

林北北睜著無辜的大眼睛盯著龍棠，龍棠突然一句責怪也說不出口，無奈地回答：「龍棠。」

「糖果的糖？」

「海棠的棠。」

「海糖啊。」

隔天，龍棠照常帶了早餐，這回沒再藏著，而是直接放在林北北桌上。

「吃嗎？」龍棠別過臉，語氣是刻意裝出的冷酷，飄忽的眼神卻洩露出緊張。

從小善於察言觀色的林北北不明白，明明是這個人給他吃的，爲什麼也是這個人在緊張？

「吃呀！」

從此之後，龍棠便每天給他帶早餐。

有一次龍棠發現，如果是能久放的東西，林北北就會藏進書包裡。

一開始龍棠以爲是他還不餓，但彼此逐漸熟悉後，他想，林北北哪有不餓的時候！

龍棠問林北北：「你爲什麼不吃？不喜歡？」

林北北拚命搖頭，「沒有、沒有！我很喜歡！」

「那爲什麼不吃？」

「就是太喜歡了……」

龍棠突然明白，林北北是捨不得吃。

於是他學會一次帶兩份。

沒想到，林北北居然直接把兩份都藏進書包裡！

龍棠冷冷地問：「為什麼又不吃？是我給的不夠？」

見龍棠面色不善，林北北緊張地越說越小聲：「沒有、沒有，只是覺得還不是時候……」

「早餐就該在早餐時間吃，怎麼不是時候？」

林北北被堵得說不出話，之後才開始乖乖吃早餐……才怪。

幾天後，龍棠發現林北北學會了新的招數，早上先假裝吃給他看，轉頭又偷偷拿夾鏈袋封起來。

上體育課時，龍棠把林北北堵在牆邊，聲音沉下來，「你是想讓我在全班同學面前親自餵你吃，是嗎？」

林北北終於再也不敢。

「小糖！你音樂報告要跟我一組嗎？」

「小糖，今天要一起回家嗎？」

「小糖！福利社出了新的餅乾！」

即使林北北已經知道龍棠的「棠」並不是糖果的「糖」，還是一天到晚偷偷叫龍棠小糖。

有時龍棠會用威脅的眼神看他，意思是不許亂喊。

林北北沒被他的眼神嚇到，倒是被其他事情嚇一跳，「你怎麼聽得出這個『糖』跟那個『棠』的差別？」

龍棠沉默注視他一會，「算了，隨你。」

林北北一頭霧水，不停纏著龍棠問原因，龍棠才道：「你喊糖的時候，笑得特別甜。」

隨著朝夕相處，兩人關係越來越好，龍棠原以爲林北北脾氣好，無論被如何對待都不會生氣，實際相處才發現林北北有許多小脾氣，就連他吃布丁沒有舔封膜都能生氣。

龍棠有時會和他吵起來，有時會無奈接受他的任性，有時也有自己幼稚惹毛林北北的時候。

他們會因爲價値觀不同而吵架，龍棠不管再怎麼改變，骨子裡還是富家子，在某些想法上和林北北大相徑庭。

龍棠不擅長與人相處，向來都是別人奉承他，從沒有人敢對他擺臉色。

這天龍棠說錯了話，把林北北惹生氣，整天都沒理他。

龍棠不知道怎麼哄，就買超高級巧克力賠罪，「拿去，別氣了，你以前應該沒機會吃。」

結果惹得林北北更加生氣。

之後龍棠才慢慢懂得收斂自己的傲氣，明白如何與人相處。

全班都曉得他們交情好，從前不敢和龍棠說話的人，甚至開始會跟他開玩笑：「你根本是林北北的鏟屎官啊！」

的確，不只餵飼料還要順毛，龍棠感覺自己養了一隻讓人頭痛的漂亮波斯貓。日復一日地送早餐、請吃飯、送文具、送東西，直到他們高中畢業，上了大學，念不同學校和科系，龍棠還是經常到林北北的租屋處留宿。

漸漸地龍棠發現，林北北態度變了，甚至叫他不要送這些東西。

龍棠以爲林北北上大學有了新朋友，不再需要他，兩人起了爭執。憤怒之下，失去理智的他們大吵一架，龍棠從來沒有這麼吼過林北北。

最後林北北氣哭了，龍棠才明白林北北的想法——原來林北北即使知道他很有錢，也捨不得他花任何一毛錢。

他長大了，也比以前更在乎龍棠一點。

之前吵得太凶，龍棠不知怎麼下臺，結果林北北跟他要了一支十塊錢的冰淇淋，說：「這樣就原諒你了。」

龍棠懂了，林北北是在告訴自己，他不需要昂貴的禮物。從此兩人只要吵架，龍棠就會買冰淇淋賠罪。

後來，龍棠除了經常到林北北家裡留宿，還默默延長住在他家的時間，有時一住就是兩三個禮拜。過了一段時間，他注意到林北北不知爲何變得比從前更節省，甚至到了一毛不拔的地步，觀察一陣子，沒為生活費擔憂過的他才明白原來兩人份的水電瓦斯、日常用品也是一筆開銷，可是林北北從來不說，也沒有趕他走。

付錢的話林北北肯定不收，於是龍棠學會以「我只用這個牌子的東西」為由，替林北北添購了滿滿的日常用品。

大三的時候，屋主打算出售林北北長租的這間便宜套房，於是林北北只好搬家。龍棠提議一起合租，選擇了離兩人學校都不算太遠的地方。

龍棠念的是國貿系，雖然是數一數二的國立大學，但身為大企業家族長子的他原本可以出國深造，未來順理成章地繼承家業，當個金融大亨。

然而龍棠選擇了留在國內，住在一間兩人住稍嫌擁擠的小套房。

更出乎眾人預料的是，畢業後，龍棠不顧眾人反對，選擇投入當時被認為不入流的網路娛樂產業，家人嚴厲警告，要求他回家繼承家業，他卻不肯。

於是家族不給他任何金援，龍棠便先進入網路公司實習，等存夠錢再自己出來單幹，白手起家。

龍棠一步一步地把自己的事業經營起來，再加上網路科技成為趨勢，他正好搭上風潮，令自己的公司成為第一波崛起的網遊公司，憑本事坐上執行長之位，從此再也沒人敢說他半句話。

所有人都以為龍棠是有遠見，懂得分析市場脈動、看清國際局勢，所以當初才會毅然決然選擇網路遊戲產業。

沒人知曉龍棠堅持經營網遊產業的眞正原因。

大學的時候，同學們都在打網遊，而林北北總是在打工賺學費和生活費，聽同學們討論得如火如荼，他非常羨慕，常常和龍棠訴苦。

林北北從來沒玩過網路遊戲，或者該說，除了做報告的時間，他幾乎沒碰過電腦。他甚至連一臺筆電也沒有，平時都是在學校使用，或者借用龍棠的。

這是林北北一直以來的遺憾，誰不喜歡打遊戲？但他不行。

龍棠曾經想買電腦給他，無奈林北北堅決不肯。一來是不想收龍棠的恩惠，二來是怕著迷，而且要打工也沒有空閒可以玩樂。

龍棠看林北北日子過得辛苦，卻無法出手幫助，他很清楚對方的底線，兩人為此鬧得不可開交過，他已經學會不貿然用錢了事。

於是龍棠決定自己製作遊戲。

這是最好的方法，如果他成立網遊公司，林北北就可以當他的員工，他要讓林北北能夠賺錢，又能夠實現夢想。

在架構第一款遊戲的過程中，整個遊戲的設計和場景，許多都是他和林北北去過的地方、說過的夢想，或者創造過的美好回憶。

十七歲那年，龍棠不曾想過自己的未來會是這個樣子，十七歲之後，他遇見林北北，漸漸成為他沒想過的人。

他的公司叫做「指北針」，他的人生因林北北而改變，林北北讓他脫離家族成爲金融週刊的常客，被稱爲世界影響力前十名的最年輕創業家，讓他從一個趾高氣揚的人，學會穩重行事，學會珍惜每一刻，學會不看低身邊每一個人，尤其那個人或許會是你生命中最重要的那個人。

他想，假如林北北沒有出現，他現在就是走在家族決定好的軌道上，對未來毫無憧憬。

只要一想到未來有林北北，他就發自內心地感到喜悅，他想像他們會結伴去各種地方，想像他們在沙發上看電影說垃圾話，想像他們滿足地品嚐各式各樣的美食。

他不奢求牽他的手，只想成爲林北北腳下的汙泥，無論林北北走到哪裡便能跟到哪裡，直到鞋皮摺皺，直到鞋口開花，直到鞋面斑白。

在指北針遊戲公司崛起第三年，林北北生日那天，龍棠爲他創造了一個專屬於他的角色。

林北北進入遊戲，脫了鞋，從此再也沒回來。

# 後記　快截稿了，趕得要死

嗨～我是雷雷夥伴，叫我雷雷就好。

這本是寫過最極限的書……之一，因爲本身還有正職的關係，可以寫稿的時間很少，當時在距離比賽截止只剩一個禮拜時，才終於寫完最後半本……雖然很艱辛還是完成了，謝謝自己完成了它，幸好有完成它。

因爲這部作品，連載期間得到許多鼓勵，很神奇的是大家好像約好的一樣，在匿名表單裡面，十個有九個回應裡都有一句「北北好可愛」XDDD

北北也是我個人相當喜歡的屬性集合體，小吃貨、小任性、小美人、矮小（北……………）很高興大家和我喜好相同（？）。

另外無司和富好這一對……不好說是什麼關係的關係，也是我非常喜歡的屬性，寫他們的時候也很開心，好吧，我只能寫出「很開心」這種感想，就像讀書心得永遠只會寫「很好看」一樣，總之就是這樣！只有很開心能完美表達！

說到這裡覺得差不多了。（龍總：我呢？）

好，最後提一提龍總。

整本書最先構思好的其實是番外（答應我不要先看番外，會大劇透還會影響番外裡藏很久的伏筆跟驚喜！）雖然因爲第一人稱的關係，在上集中很少提到龍總的內心戲，只能隱約看出一些端倪，但看完番外後，應該不少伏筆都能得到解答，也會更了解龍總在故事中的心情，說不定還會想從頭再翻一次看看呢XD

看書的樂趣莫過於此，每次重看都能讓你們再發現一些小驚喜，這是我每本作品都會努力達成的目標。

最後，「後記」顧名思義就是要記錄寫下這本書的心情。老實說，每次想到要回顧當時寫書的心情，都不知道要寫什麼，腦中第一瞬間冒出的想法就是——寫文當下的心情？當然就是「截稿日快到啦，好趕」啊！

但因爲過於沒有意義，感覺會把後記變得很像FB發廢文，所以才沒有這樣寫。

直到最近在網路上看到一件軼聞。

經典作品《螢火蟲之墓》的小說原作者，野坂昭如，被問到：「當時你寫《螢火蟲之墓》的心境如何？」

野坂昭如說：「當時快截稿了，趕稿子趕得要死。」

我瞬間有如被醍醐灌頂。

你看！連創作出經典曠世巨作的大文豪都這麼說！原來自古文人都是這樣想的！（沒有）所以我的後記是「截稿日快到啦，好趕」完全合理啊！

哪天如果我的後記裡只有一句話：「截稿日快到啦，好趕」，你們也不要太意外。

好啦，這篇後記眞的要結束了。總之，不管創作過程花了多少血汗，每次完成我都十分感謝曾經有過這段經歷，因爲有這段經歷才有他們和你們。每個歷程都有它的意義，我在每篇後記裡始終這樣說。

以前如此，今後如此。

雷 2020.5.30

FB粉專：雷雷夥伴

IG：@laypartner

（來FB或IG跟我聊天吧！貼文都可以隨意回～沒留過言的小夥伴如果不好意思回應，可以看看其他人，就會知道大家都是很隨意的，完全不用擔心哈哈哈）

國家圖書館出版品預行編目資料

反派NPC求攻略／ 雷雷夥伴著. -- 初版. -- 臺北市；城邦原創出版：家庭傳媒城邦分公司發行, 2020.06
面； 公分

ISBN 978-986-98907-5-5（上冊：平裝）

863.57 109008262

# 反派NPC求攻略（上）

作　　者／雷雷夥伴
企畫選書／楊馥蔓
責任編輯／陳思涵

行銷業務／林政杰
總 編 輯／楊馥蔓
總 經 理／伍文翠
發 行 人／何飛鵬
法律顧問／元禾法律事務所　王子文律師
出　　版／城邦原創股份有限公司
台北市南港區昆陽街 16 號 4 樓
電話：(02) 2509-5506　傳眞：(02) 2500-1933
E-mail：service@popo.tw
發　　行／英屬蓋曼群島商家庭傳媒股份有限公司城邦分公司
聯絡地址：台北市南港區昆陽街 16 號 8 樓
書虫客服服務專線：(02) 25007718．(02) 25007719
24小時傳眞服務：(02) 25001990．(02) 25001991
服務時間：週一至週五09:30-12:00．13:30-17:00
郵撥帳號：19863813　戶名：書虫股份有限公司
讀者服務信箱 email：service@readingclub.com.tw
城邦讀書花園網址：www.cite.com.tw
香港發行所／城邦（香港）出版集團有限公司
地址：香港九龍土瓜灣土瓜灣道 86 號順聯工業大廈 6 樓 A 室
email：hkcite@biznetvigator.com
電話：(852)25086231　傳眞：(852) 25789337
馬新發行所／城邦（馬新）出版集團 Cité(M)Sdn. Bhd.
41, Jalan Radin Anum, Bandar Baru Sri Petaling,
57000 Kuala Lumpur, Malaysia.
電話：(603 ) 90563833　傳眞：(603) 90576622
email：services@cite.my

封面插畫／高橋麵包
封面設計／Gincy
印　　刷／漾格科技股份有限公司
電腦排版／陳瑜安
經 銷 商／聯合發行股份有限公司
客服專線：(02)2917-8022　傳眞：(02)2911-0053

■ 2020 年 6 月初版
■ 2024 年 6 月初版 7.5 刷
Printed in Taiwan

定價／260元



ISBN　978-986-98907-5-5